西溪湿地楹联匾额集萃

翁文杰　主编

杭州出版社

图书在版编目（CIP）数据

西溪湿地楹联匾额集萃 / 翁文杰主编. -- 杭州 ：
杭州出版社，2022.12
ISBN 978-7-5565-2004-6

Ⅰ．①西… Ⅱ．①翁… Ⅲ．①对联－作品集－杭州②
牌匾－汇编－杭州 Ⅳ．①I269②K875.4

中国版本图书馆CIP数据核字(2022)第251480号

XIXI SHIDI YINGLIAN BIAN'E JICUI

西溪湿地楹联匾额集萃

翁文杰　主编

责任编辑	夏斯斯
校　　对	邹乐陶
封面设计	祁睿一
美术编辑	章雨洁
责任印务	姚　霖
出版发行	杭州出版社（杭州市西湖文化广场32号6楼） 电话：0571-87997719　邮编：310014 网址：www.hzcbs.com
印　　刷	浙江星晨印务有限公司
开　　本	710 mm×1000 mm　1/16
字　　数	200千
印　　张	12.75
版印次	2022年12月第1版　2022年12月第1次印刷
标准书号	ISBN 978-7-5565-2004-6
定　　价	50.00元

序

　　"一曲溪流一曲烟"，西溪湿地发展于唐宋，兴盛于明清，有悠久的历史文化底蕴，自古以来是文人墨客必到之处。如明末清初著名文学家张岱就有"古荡西溪天下闻"的赞誉。杭州西溪国家湿地公园于2005年开园，是集城市湿地、农耕湿地和文化湿地于一体的全国首个国家湿地公园。现在的湿地园区约70%的面积为河港、池塘、湖漾、沼泽等水域，其间分布着众多的港汊和鱼鳞状鱼塘，形成了西溪独特的湿地景致。

　　中华民族传统文化博大精深，楹联匾额艺术是其中重要的组成部分，并且是一门综合型艺术，涉及文学、书法、美术、雕刻，其内容有时与政治、经济、军事、历史等也密切相关，需要撰联者和书写者有深厚的历史文化积淀。今天，西溪湿地公园内这些丰富的人文景点，大多是附带着根据历史文献和文物遗迹考证基础上恢复的仿古建筑，而楹联是中国传统建筑的重要有机组成部分，从而为这些人文景点和历史掌故增光添色。从历史上看，如明代大书法家董其昌就曾为西溪交芦庵题名，并为秋雪庵的弹指楼题额"弹指楼开"。又如清初康熙皇帝南巡驻跸高士奇的"西溪山庄"，高兴之余欣然赐题"竹窗"二字。当然，除了皇帝重臣，更多留下的是古往今来不同层面的文人学者对西溪景致所创作的诗文辞赋。因为西溪自古就是隐逸之地，被文人视为人间净土、世外桃源，秋雪庵、泊庵、梅竹山庄、西溪草堂在历史上都曾是众多文人雅士开创的别业，他们在西溪留下了大批诗文辞章，其中就包含着中国传统文化中的楹联匾额。这些楹联匾额，有的保存在历经风霜的文献古籍中，有的保存于历代士人的口口相传之中，如此这般积累到二十一世纪的今天，已然是数以百计。经过近二十年来杭州市委、市政府和各级政府对西溪湿地的恢复、建设和发展，这些楹联匾额中的大部分已经从文字变成了实物，制作并悬挂在了西溪湿地公园景点内的亭台楼阁之中。由于这些楹联匾额是墨客词人的智慧结晶，也是能书善刻者的辛勤成果，所以广大市民游客通过深入西溪湿地公园游览，近距离接触楹联匾额这种中华民族传统文化瑰宝，通过欣赏、品评、吟诵、考证等方式发掘其文化内涵，在当下已经成为西溪湿地公园游览中一道独特的文化风景线。

有鉴定于当下群众游客对非物质文化遗产理解的加深和文化艺术审美水平的提高，为进一步挖掘西溪湿地的文化元素，提升广大市民游客一份特殊的文化游览观感，我们在2021年组织人力对西溪国家湿地公园范围内的楹联匾额进行实地调查走访拍摄，归类形成了基础资料，同时邀请了诗词楹联界的部分著名专家学者进行把关，特别是王翼奇先生在审读中对书稿校补正误，润色增华。现将这两百余副楹联匾额以图文并茂成书的形式展现给广大读者。我们认为，通过这次对西溪湿地公园内楹联匾再一次的梳理和出版，基本达到了针对目前古建筑中的楹联匾额等文献资料的传承与保护，即五个方面的作用：全面普查，多方收集；准确释读，避免讹误；厘清源流，恰当分类；严谨编辑，加强出版；积极修复，文旅融合。

2020年3月31日，习近平总书记来到杭州西溪国家湿地公园考察，提出"要把保护好西湖和西溪湿地作为杭州城市发展和治理的鲜明导向"，总书记谆谆嘱托言犹在耳。今年适逢中国共产党第二十次全国代表大会胜利召开，我们一定会按照习近平总书记在大会报告中有关文化宣传方面的要求扎实做好西溪湿地的相关工作。在此，也希望广大读者和专家给本书多提意见建议，我们也将紧跟时代的步伐，不断对包含楹联匾额在内的文化文物工作做好完善发展，将一个更加历史人文的西溪湿地公园展现给世人。

二〇二二年十月

目 录

洪氏家族文化

洪府

　　洪氏传人明代洪瞻祖所撰《西溪志》曰："洪氏之先宋太师忠宣公鄱阳洪皓，始赐第于钱塘西湖之葛岭，子孙名德相承，遂为钱塘望族。其分支迁于西溪洪家埭。"明代洪氏家族迁居西溪湿地，建有宅第，有洪氏府第庭屋10余幢。民国时，小丘边住家已为陈、蒋二姓。1956年，为建篮球场而将小丘除去。1970年，洪生福拆建房屋时出土一块碑石，长约1.8米，刻有"赠右副都御史洪"等字样，而洪钟曾于弘治十一年（1498）担任过右副都御史一职。2007年，又发现"洪府界"墙界石一块，高85厘米，宽14.5厘米，厚8厘米。一说洪府即洪园或洪钟别业。

　　如今的洪府则是以遗留诗文为蓝本在故地重建的，位于西溪国家湿地公园洪园余韵景点内，园中槿篱茅舍，小桥流水，花木扶疏，成为江南园林与湿地结合的典范。建筑中的楹联匾额大多摘自遗留诗文原句，用于赞颂宋代洪皓、洪适、洪遵、洪迈父子，明代洪钟、洪澄、洪楩、洪瞻祖以及清代洪昇等洪氏家族的杰出人物。

匾额一：洪府

（朱关田书）

【解析】悬挂于洪府大门处，笔势雄健有力，彰显出洪府的气派。

楹联一：

有是父，有是子，相传忠义之风；
难为兄，难为弟，俱擅词章之誉。

（金鉴才书）

【解析】
出自明代蒋一葵《尧山堂外纪》卷五十七："'三洪'并中词科，继入西掖，时有贺启云：'有是父，有

是子，相传忠义之风；难为弟，难为兄，俱擅词章之誉。"此联赞颂当时洪适、洪遵、洪迈三兄弟接连高中博学宏词科，相继进入中书省并为丞相的事迹。下联的"难为兄，难为弟"，据原句及联律，应为"难为弟，难为兄"。博学宏词科：简称词科，也称宏词或宏博，是科举考试制科之一种，唐开元年间始设以考拔能文之士。西掖：汉时别称中书省为西掖，洪适《满庭芳·答景卢遣怀》中曾有"雁行，争接翅，北门炬烛，西掖纶丝"一句，用以表明作者与其弟曾接连在中书省担任草诰之职。

匾额二：御爵府

（祝遂之书）

【解析】御：御赐。爵：爵位、爵号，是古代皇帝对功臣贵戚的封赏。洪钟归隐西溪后，皇上念及洪钟的盖世功勋，连下四敕，赠封洪钟的曾祖父母洪荣甫及李氏、

3

祖父母洪有恒及何氏、父母洪薪及姚氏、洪钟本人及其妻郑氏和魏氏的荫衔，以示朝廷恩典。

楹联二：

贻厥孙谋，五世先贤昭典范；
绳其祖武，西溪后裔振雄风。

（俞建华书）

【解析】出自洪承畴故里福建省南安市英都洪氏家庙楹联："贻厥孙谋，五世先贤昭典范；绳其祖武，翁山后裔振雄风。"贻厥孙谋：指为子孙的将来做好安排，出自《诗经·大雅》"贻厥孙谋，以燕翼子"一句。五世先贤：父子相继为一世，五世指家族世系相传五代。《礼记·大传》："有百世不迁之宗，有五世则迁之宗。"传承五世而不改先人高尚品行与事业的家族是非常罕见的。绳其祖武：循着祖先的足迹继续走下去，比喻继承祖辈事业。出自《诗经·大雅》"昭兹来许，绳其祖武"。绳，遵循。武，脚印。西溪后裔：此指在西溪延续的洪氏后代子孙。

匾额三：国公府第

【解析】国公是一种爵位，自隋朝开始设置，位次于郡王而高于郡公，后世沿用至明朝。洪氏家族中，洪皓曾被封为魏国公，洪遵曾被封为信国公等，此处以"国公"褒奖他们的功劳与威望。

楹联三：

抗疏筹边，名垂竹帛；
褒忠表义，庆锡云礽。

（洪氏宗谱集联，胡传海书）

【解析】出自清代洪大本《余姚洪氏宗谱》。抗疏：向皇帝上书直言。《汉书·扬雄传》："独可抗疏，时道是非。"筹

边：筹划边境的事务。南宋刘过《八声甘州·送湖北招抚吴猎》："共记玉堂对策，欲先明大义，次第筹边。"名垂竹帛：名声传垂于史籍。《吴越春秋·勾践伐吴外传》："声可托于弦管，名可留于竹帛。"褒忠表义：褒扬忠心和正义。庆锡：庆，吉庆；锡，赐予。云初：同"云仍"，意为远孙。《尔雅·释亲》："晜孙之子为仍孙，仍孙之子为云孙。"

匾额四：圣道高明

【解析】圣道：圣人之道，也特指孔子之道。高明：圣道崇

高、英明。

匾额五：致君泽民

（集蔡襄、王铎、苏轼字）

【解析】出自南宋洪皓《鄱阳集》，意为辅佐君主、惠泽黎民。

楹联四：

颇同陶令种秫之怀，长眠夏日；

非有季鹰忆鲙之赋，自逐秋风。

（清代王嗣槐句，李一书）

【解析】出自清代王槐嗣《桂山堂文选》，是赞颂洪氏后人洪起鲛的诗。陶令种秫：东晋陶潜（即陶渊明）任彭泽令时，"公田悉令吏种秫稻"，只让百姓种可以酿酒的高粱，即秫，见《宋书·陶潜传》。季鹰忆鲙：南朝宋刘义庆《世说新语·识鉴》："张季鹰（即张翰）辟齐王东曹掾，在洛见秋风起，因思吴中莼菜羹、鲈鱼脍，曰：'人生贵得适意尔，何能羁宦数千里以要名爵！'遂命驾便归。"后人常以季鹰忆莼鲙用作不仕而思归隐的典故。

匾额六：麟阁丹青

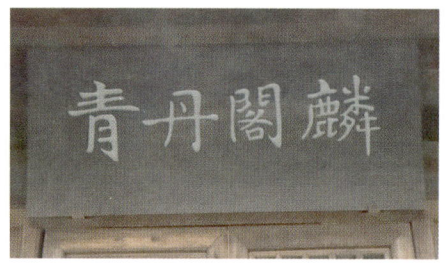

（集欧阳询、唐寅、褚遂良、《高贞碑》字）

【解析】出自南宋范成大《送洪景卢内翰使虏》"著鞭往矣功名会，麟阁丹青上九霄"一句。麒阁即麒麟阁，是汉代阁名，在未央宫中。汉宣帝时曾将霍光等十一功臣像画于阁上以表扬其功绩，因此封建时代多以画像供于麒麟阁表示卓越功勋和最高的荣誉。

楹联五：

观空机事息;

阅世法身留。

（清代洪昇句，蒋频书）

【解析】出自清代洪昇《稗畦续集》之《同高巽亭游法相寺》。观空：空观，佛教术语，是天台宗所立"空、假、中"三谛之一。机事：机巧之事，可指机谋诡巧之事。《庄子·天地》："吾闻之吾师，有机械者必有机事，有机事者必有机心。"法身：佛教语，即佛之真身。其释名，性相二宗各异其义。

匾额七：鸾栖轩

（集唐寅字）

【解析】鸾栖：鸾鸟栖止，

比喻贤士在其位。引自洪适《交翠亭》中"三十年中事，鸾栖筑小亭"一句。

楹联六：

科第尚哉，但忠孝节廉，自认几端，方可无忝宗祖；
诗书贵矣，然农工商贾，各司一业，便非不肖子孙。

（清代翁蓼墅撰，斯舜威书）

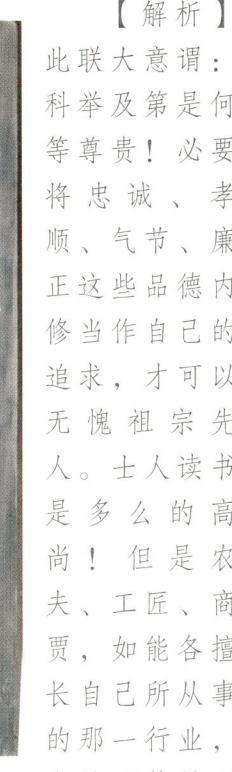

【解析】 此联大意谓：科举及第是何等尊贵！必要将忠诚、孝顺、气节、廉正这些品德内修当作自己的追求，才可以无愧祖宗先人。士人读书是多么的高尚！但是农夫、工匠、商贾，如能各擅长自己所从事的那一行业，也就不算是不成才的子弟了。

楹联七：

敦宗睦族承先德；
煌国辉邦启后贤。

（洪氏宗谱联，陈安纲书）

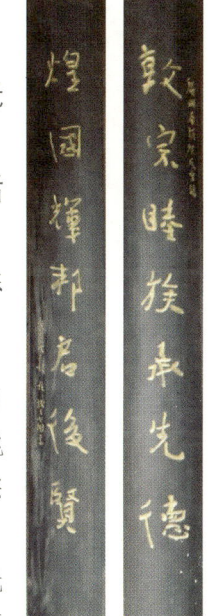

【解析】 出自清代洪大本《余姚洪氏宗谱》。敦宗睦族：厚待宗亲，和睦族人。承先德：继承先人的德行。煌国辉邦：使邦国辉煌。启后贤：启发后世之贤裔。

匾额八：思陶轩

【解析】 思：怀想、思念。陶：陶渊明。

楹联八：

自爱家风敦素履；
翻嫌门第说乌衣。

（清代洪昇句，华人德书）

【解析】 出自清代洪昇《稗畦集》之《赠曹武歌》。素履：出自《周易·履》"初九：素履往，无咎"，比喻人以朴素坦白之态度行事，后以此形容质朴无华、清白自守的处世态度。乌衣：乌衣巷，东晋时王导、谢安等诸多名门贵族多居此，后多指代名门望族。唐代刘禹锡《乌衣巷》诗："朱雀桥边野草花，乌衣巷口夕阳斜。旧时王谢堂前燕，飞入寻常百姓家。"

匾额九：学海

（集王羲之、王献之字）

【解析】出自清代毛先舒《鸾情集》之《水调歌头·与洪昇》中"子家素称学海，书籍拥专城"一句，意思是洪家因藏书众多而被称为"学海"。

楹联九：

由来笔下三千牍；
可胜军中十万夫。

（南宋周必大句，盛欣夫书）

【解析】出自南宋周必大《送洪景卢舍人北使》一诗，是周必大送洪迈出使金国时所作。三千牍：《史记·东方朔传》："朔初入长安，至公车上书，凡用三千奏

牍。"后用以指向皇帝进呈的长篇奏疏。十万夫：十万人。

匾额十：瞻仪堂

（集《高贞碑》《安乐王墓志》字）

【解析】这是宋代洪遵在平江的堂名。据范成大《吴郡志》记载："瞻仪堂，旧在厅事之东。绍兴三十一年，郡守洪遵建。"

楹联十：

胜地思桃岙；
高踪想竹溪。

（清代洪昇句，徐雅萍书）

【解析】出自清代洪昇《稗畦续集》之《徂徕山》诗。桃岙、竹溪都是徂徕山的胜景名，后多取归隐之

意。唐开元末，李白与孔巢父、韩准、裴政、张叔明、陶沔居徂徕山下的竹溪，日日纵酒酣歌，时号"竹溪六逸"（见《新唐书·李白传》）。

匾额十一：昆山片玉

（集赵之琛、钱泳、邓石如字）

【解析】出自《晋书·郤诜传》："累迁雍州刺史。武帝于东堂会送，问诜曰：'卿自以为何如？'诜对曰：'臣举贤良对策，为天下第一，犹桂林之一枝，昆山之片玉。'"原意是昆仑山上的一块玉，只是许多美好者当中的一个；后则喻珍贵稀有之物或赞美人才难得而可贵。

楹联十一：

室有琴歌乐；
庭留翰简香。

（清代邬鹤徵句，韩天衡书）

【解析】出自清代章黼编《西溪梅竹山庄图题咏》邬鹤徵诗。琴歌：弹琴与唱歌。翰简：书简。二者都是古时文雅生活的象征。

匾额十二：尚书府第

【解析】尚书是中国古代官名。尚书始置于战国时，亦称"掌书"，为管理文书的小吏；秦时为少府属官，在宫中收发文书；汉武帝加强皇权后因尚书在皇帝左右办事，掌管机要，地位逐渐重要；后各朝均有设置，清代相沿不改。在洪氏家族中，明代曾有先后五位尚书，故可名尚书府第。

楹联十二：

宥府嘉猷推乃后；
陪都遗爱纪斯民。

（南宋周必大句，曹宝麟书）

【解析】出自南宋周必大《洪景严枢密挽词二首》。《宋史·洪遵传》载，"（洪）遵，字景严，皓仲子也。……与兄适同试博学宏词科，中魁选，赐进士出身"，后擢秘书省正字，累官至翰林学士承旨、同知枢密院事，以端明殿学士提举太平兴国宫、右丞相，封鄱阳郡开国侯，卒晋少保、信国公。洪遵官至高位的同时，也与父兄一样视民如子，在执掌太平州期间，因楚地大旱而做出免除租税的十分之九等举措，因此得以活命的百姓数以万计。宥府：枢密院。嘉猷：治国的好规划。《尚书·君陈》："尔有嘉谋嘉猷，则入告尔后于内，尔乃顺之于外。"陪都：旧时在首都以外另设的首都。洪遵出生于北宋宣和年间，为官时则已身处迁都至杭州的南宋绍兴年间。遗爱：遗留仁爱于后世。《汉书·叙传》："淑人君子，时同功异。没世遗爱，民有余思。"

楹联十三：

父子相承，四上銮坡之直；
弟兄在望，三陪凤阁之游。

（南宋洪迈句，王小勇书）

【解析】出自南宋洪迈《容斋随笔》卷十六："绍兴二十九年，予仲兄始入西省，至隆兴二年，伯兄继之，乾道三年，予又继之，相距首尾九岁。予作谢表云：'父子相承，四上銮坡之直；弟兄在望，三陪凤阁之游。'比之前贤，实为遭际，固为门户荣事，然亦以此自愧也。"原句是洪迈感慨于兄弟三人于九年间接连入中书省的事迹而作，更用于时刻警醒自己。銮坡：唐德宗时曾移学士院于金銮殿旁的金銮坡上，后遂以銮坡为翰林院的别称。凤阁：唐武则

天光宅元年（684）改中书省为凤阁，后用为中书省的别称。

楹联十四：

门随五柳临风慕；
屋傍千梅带月锄。

（清末民初丁立中句，白砥书）

【解析】出自清末民初丁立中《西溪怀古诗》之《深潭口怀周逸之》。五柳：指五柳先生陶渊明。东晋陶渊明《五柳先生传》："宅边有五柳树，因以为号焉。"临风慕：临风思慕。带月锄：出自东晋陶渊明《归园田居》（其二）"晨兴理荒秽，带月荷锄归"，意为一轮明月陪伴扛着锄头的主人公。

楹联十五：

三径蓬蒿无俗客；
九秋风雨读离骚。

（清代洪昇句，张智书）

【解析】出自清代洪昇《啸月楼

集》之《与凌宗翰》。三径：东汉赵岐《三辅决录·逃名》："蒋诩归乡里，荆棘塞门，舍中有三径，不出，唯求仲、羊仲从之游。"后以"三径"指归隐者的家园。蓬蒿：蓬草和蒿草，亦泛指草丛，借指荒野偏僻之处。《庄子·逍遥游》："（斥鷃）翱翔蓬蒿之间。"无俗客：指没有俗流之辈。九秋：指九月深秋。风雨：比喻艰难困苦。读离骚：出自东晋郭澄之《郭子》"王孝伯云：'名士不须奇才，但使常得无事，痛饮酒，读《离骚》，便可称名士也'"句。

楹联十六：

南赣立功宣政略；
西溪纂志重文林。

（清末民初丁立中句，袁道厚书）

【解析】出自清末民初丁立中《西溪怀古诗》之《西溪怀洪诒孙》。此联赞颂明代洪氏后人洪瞻祖任南赣巡抚时斩杀闽广黠贼千余人，辞官归乡后在家乡编纂《西溪志》的成就。

楹联十七：

虽居台阁层霄地；
不改箪瓢陋巷心。

（清代洪昇句）

【解析】出自清代洪昇《稗畦集》之《赠颜学山太史代父作》。台阁：汉时指尚书台，后亦泛指中央政府机构，即大官府。层霄：高空。箪瓢陋巷：孔子弟子颜渊一箪食，一瓢饮，居陋巷而不改其乐，孔子称赞他说："贤哉回也！"后以"箪瓢陋巷"为生活清贫的典故。《论语·雍也》："一箪食，一瓢饮，在陋巷，人不堪其忧，回也不改其乐。"

楹联十八：

天涯兄弟怜同调；
客里莺花笑独醒。

（清代洪昇句）

【解析】出自清代洪昇《啸月楼集》之《登识舟亭同表兄江谕封李含美表弟钱石臣》。此诗康熙十一年（1672）写于芜湖，洪昇于此地遇到杭州的几个表兄弟。"天涯兄弟怜同调"，是说在遥远的外乡、在孤独的困境里遇到这些兄弟，因为他们是"同调"（格调相同，比喻志趣或主张相投的人），所以格外惺惺相惜。"客里莺花笑独醒"，是说时值春天莺啼花开，美景美酒都让人陶醉，可惜一醉之后，大家又要登舟四海漂泊，朝着各自的方向独行。

楹联十九：

弱草长承垂露叶；
寒花尽发向阳枝。

（清代高士奇句，陈峰书）

【解析】出自清代高士奇《圣驾临幸西溪山庄赐五言诗并御书"竹窗"二字恭纪》，抒发对皇帝如阳光雨露般恩泽的感激之情。

楹联二十：

青袍作吏腰仍折；
白首思乡眼欲穿。

（清代洪昇句，王伟林书）

【解析】出自清代洪昇《稗畦集》之《挽王山长大令》。青袍：唐贞观三年（629），规定八品、九品官服青色；显庆元年（656），规定深青为八品之服，浅青为九品之服，后泛指品位低级

的官吏。腰仍折：因生计而屈身于人。《晋书·陶潜传》："吾不能为五斗米折腰，拳拳事乡里小人邪！"

楹联二十一：

幔卷来河汉；
窗开列画图。

（清代王子卿句，刘绍刚书）

【解析】出自清代王子卿《湖上洪氏山庄》诗。幔：张在屋内的帐幕。河汉：银河。画图：比喻美丽的自然景色。唐代元稹《春分投简阳明洞天作》诗："郡邑移仙界，山川展画图。"

楹联二十二：

幽赏梅双树；
雄谈酒数升。

（清代洪昇句，林再成书）

【解析】出自清代洪昇《稗畦续集》之《灯夕张兰佩招饮》，写元宵节洪昇与友人张奕光赏梅、痛饮雄谈的情景。"梅双树"写出了人物的高洁和默契，"酒数升"则渲染"雄谈"的豪放和逸兴飞扬。

楹联二十三：

十载宦情琴伴鹤；
一生襟抱月横秋。

（清代洪昇句，张宇书）

【解析】出自清代洪昇《稗畦集》之《赠崔莲生转运》。宦情：做官的志趣、意愿。琴伴鹤：古人常以琴鹤相随，表示清高、廉洁。襟抱：胸襟与怀抱。月横秋：月悬秋空，形容清高坦荡。

楹联二十四：

人带烟霞气；
文兼冰雪资。

（清代洪昇句，刘一闻书）

【解析】出自清代洪昇《稗畦续集》之《寄蒲州吴天章》。烟霞气：山水清润的气息，形容为人为文自然。清代龚自珍《己亥杂诗》之二六三："自知语乏烟霞气，枉负才名三十年。"冰雪资：高洁的资质。唐代孟郊《送窦庐策归别墅》诗："一卷冰雪文，避俗常自携。"

洪钟别业

　　洪钟别业位于西溪国家湿地公园的福堤西边，该别业由洪钟始建于明代，今重建。洪钟（1443—1523），字宣之，自号两峰居士，钱塘（今浙江杭州）人，家居钱塘县西溪钦贤招德里（即五常街道五常社区洪家埭）。洪钟是西溪洪氏家族中官职最高、影响力最大的人物，先后担任过按察使、安抚使、左都御史、刑部尚书等重要官职，出仕后不仅体恤民情、深得民心，还主持过整修长城、治理运河的防卫工程等。武宗正德末年，洪钟以太子太保、刑部尚书兼都察院左都御史致仕归乡，退隐西溪。回到故里后，洪钟在西溪河渚东构筑别业，但随着岁月流转，原先的别业已物是人非，据清代梁诗正等纂修《西湖志纂》记载："洪园，在河渚东。《钱塘县志》：明刑部尚书洪钟别业。今余地已属他姓，惟小丘犹存，山石玲珑，茂树森荫，尚可登眺。"

　　如今的洪钟别业是西溪湿地综保工程二期所恢复建设的，总体布局定位为明代郊野士大夫园林，主要风格为"简远、疏朗、雅致、天然"。借洪钟出身于耕读之家，好读好藏，辞官后归隐田园的人物心境，结合明代士大夫宅园内读书藏书、宴游赋诗、啜茗博古、灌园溉蔬的使用特点，集中反映了其中的隐逸文化。

洪钟别业·宅院

匾额一：洪钟别业

（刘枫书）

【解析】此匾悬于洪钟别业宅院头门，起彰显作用，向世人展示洪钟别业就在此处。

匾额二：百年望族

（郭仲选书）

【解析】洪钟出身的洪氏家族是西溪历史上的"百年望族"，自宋代起迁居杭州，历史上名宦辈出，尤其在宋、明两代最为鼎盛。《西溪志》中记载："洪氏之先宋太师忠宣公鄱阳洪皓，始赐第于钱塘西湖之葛岭，子孙名德相承，遂为钱塘望族。"

楹联一：

宋朝父子公侯三宰相；
明季祖孙太保五尚书。

（旧联，李文采书）

【解析】上联指的是宋朝洪皓父子的事迹。洪皓是南宋有名的爱国重臣，官至礼部尚书；洪皓三子洪适、洪遵、洪迈，或为宰相，或为一品翰林学士；故称"宋朝父子公侯三宰相"。下联指的是明代洪氏家族先后出了洪荣甫、洪有恒、洪薪、洪钟和洪瞻祖等五位尚书，其中以洪钟最为著名，官至太子太保，故称"明季祖孙太保五尚书"。此联还悬挂在洪氏宗祠中，意在彰显洪氏家族的政治建树。

匾额三：御爵府

（吕迈书）

【解析】御：御赐。爵：爵位、爵号，是古代皇帝对功臣贵戚的封赏。洪钟归隐西溪后，皇上念及洪钟的盖世功勋，连下四敕，赠封洪钟的曾祖父母洪荣甫及李氏、祖父母洪有恒及何氏、父母洪薪姚氏及洪钟本人与其妻郑氏和魏氏的荫衔，以示朝廷恩典。

楹联二：

能敦黎庶以诗礼；
无愧忠宣之子孙。

（吴亚卿撰，徐本一书）

【解析】敦：敦厚，此指以诗礼之教化使民敦厚。黎庶：黎民

百姓。诗礼：《诗经》和《仪礼》，此指以儒家经典教化。忠宣之子孙：南宋洪皓出使金国被扣十五年而忠心不改，死后因功被追封谥号"忠宣"，此处指洪钟为洪皓的后代。上联讲述了洪钟出使安抚江西、福建、广东等地的流民时，并未对百姓武力相向，而是下令官吏设立乡学、社学，以诗书礼义训诲教育子弟，让广大民众接受爱国爱民的道理，最后不派一兵一卒就平安地收缴和销毁了兵器的事迹；下联则赞叹洪钟不愧为洪皓的后代，继承了洪皓乃至洪氏家族为官时体恤民情、关心民瘼的忠良之心。

匾额四：天运灵台

（张索书）

【解析】天运：天命、命数。《六韬·顺启》："事而不疑，则天运不能移，时变不能迁。"灵台：置放灵柩或死者遗像、骨灰盒的台座。此匾位于宅院中堂背后，殿间放置了洪氏家族历祖牌位。

楹联三：

岂但簪缨扶庙社；
更凭耕读衍春秋。
（文伟撰，沈乐平书）

【解析】簪缨：古代达官贵人的冠饰，后借以指高官显宦。庙社：宗庙和社稷，后比喻国事。《魏书·城阳王鸾传》："古者，军行必载庙社之主，所以

示其威惠各有攸归。"耕读：利用农耕之余致力学问。春秋：一年，亦指时间之久。《诗经·鲁颂·闷宫》："春秋匪解，享祀不忒。"

匾额五：香雪堂

（张勇书）

【解析】香雪：指西溪的梅花。清代陆次云《湖壖杂记》："湖壖有三胜地……西溪之梅名曰香雪。"

楹联四：

耕读持家，香自书中出；
梅诗添趣，雪从天外来。
（戴绍湘撰，王正良书）

【解析】耕读持家：意即耕读传家，指的是春秋战国以来在小农生产的古代中国所流行的一种耕

17

读文化。耕田可以事稼穑、丰五谷、养家糊口，以立性命；读书可以知诗书、达礼义，修身养性，以立高德。香自书中出：指书香，也指道德的馨香。梅诗添趣：梅花和诗文相映成趣，与耕读持家形成对仗，也指人与自然、文化之间的互动。

匾额六：德不孤

（马世晓书）

【解析】出自《论语·里仁》："子曰：'德不孤，必有邻。'"指的是有道德的人是不会感到孤单的，必定有志同道合的人与之相伴为邻。

楹联五：

厚淳风物，传之不朽；
和善乡邻，来者常欣。

（唐知春撰，邱振中书）

【解析】厚淳：敦厚质朴，一般用于形容人的行事作风。风物：原指风光景物，此处指风俗、习俗。传之不朽：长远流传而永不磨灭。来者：前来的人。常欣：常常高兴。此联赞颂洪钟对西溪民风的影响：今天西溪湿地的许多文化传统、民间习俗，直接源于洪氏家族。其中，洪钟对西溪湿地文化的发展影响尤深。他退居西溪湿地后，为"庆安年""祈社安"，发起端午节"龙舟胜会"活动，沿袭至今。此外，洪钟见当地民风不好，农闲时年轻人混沌终日，游手好闲，为改良民风、强民体质，他又将在朝期间带兵征战的兵器与生产、生活工具结合，创编武术套路，教人演练，兴"五常十八般武艺"。如今，"五常龙舟胜会"和"五常十八般武艺"都已成为国家级非物质文化遗产。

匾额七：襟沧海

（田宇原书）

【解析】襟：胸怀，抱负。沧海：一望无际的大海。

楹联六：

抛开身外名和利；
占尽江南德与才。

（刘志刚撰，尤炳秋书）

【解析】此联旨在赞颂洪钟从官场急流勇退返乡后回馈乡民的

事迹。洪钟为官期间政绩卓越，官至太子太保，晚年深感自己年事已高，退隐回籍，在西溪故地建别业，世称洪钟别业。洪钟回乡后结识了一些有识之士和旧朋好友，留下了不少的题记、诗文和墨宝，倡文树德，传世后人，还在家乡修庙建桥办学堂、组织赛龙舟和拳灯班。

匾额八：千秋雪

（张耕源书）

【解析】语出杜甫名句："窗含西岭千秋雪，门泊东吴万里船。"以千年不化的积雪，衬托匾额下方楹联中所颂书香和梅香的流芳百世。

楹联七：

书飘翰墨一堂味；
雪逊梅花三缕香。

（章海林撰，
骆恒光书）

【解析】下联
化用南宋卢梅坡《雪
梅》名句。

匾额九：沁芳楼

（刘江书）

【解析】沁：浸润、沁润。
芳：芬芳。该楼是洪钟别业的宅院
之一，匾额位于一进门处，与其下
楹联形成呼应。

楹联八：

奕叶流芳，绰有家风继南宋；
重楼揽胜，别饶野趣擅西溪。

（尚佐文撰，金鉴才书）

【解析】奕叶：累世、历
代。东汉蔡邕《琅邪王傅蔡朗
碑》："奕叶载德，常历官尹，以
建于兹。""奕"误书为"弈"。
流芳：流传美名。
三国魏曹植《洛神
赋》："践椒涂之
郁烈，步蘅薄而流
芳。"绰有家风：绰
即宽裕、宽绰，在此
处强调家风的厚重。
继：继承。重楼：意
即层楼，指沁芳楼。
揽胜：将胜景收揽于
眼底。别饶野趣：
饶，富有；野趣，乡
野的情趣。擅西溪：
为西溪所独有。

匾额十：清平乐

（王冬龄书）

【解析】原为唐教坊曲名，
后用作词牌名。这里用其字面义，
形容升平之悦乐。

楹联九：

悬天一度，洒满庭花竹，不堪
图画；

裹影常吟，循四壁轩窗，难负山川。

（王其煌撰，杨西湖书）

【解析】上联意为，在高天向下一望，只见花竹种遍庭院，真是幅难以描摹的图画；下联意为，常沿四壁轩窗随影吟诵，别辜负这山川胜景。

匾额十一：友芷兰

（赵雁君书）

【解析】芷兰：芷和兰，都是香草名。《荀子·宥坐》："且夫芷兰生于深林，非以无人而不芳。"比喻清美芬芳、大美不言的美德。

楹联十：

绿野平泉，白云乔木；
鸿编杰构，青史芳声。

（王翼奇撰书）

【解析】绿野·平泉：绿野是唐宰相裴度退居洛阳后的别墅，曰绿野堂；平泉是唐宰相李德裕在洛阳的别墅，名平泉庄。出自南宋辛弃疾《水龙吟·甲辰岁寿韩南涧尚书》："绿野风烟，平泉草木，东山歌酒。"白云乔木：白云喻归隐，乔木喻故里。在洪皓《题三瑞堂》一诗中也有这两处意象："故山有乔木，近事话甘棠。……白云留不住，极目是吾乡。"鸿编杰构：鸿编意为巨著，清代章学诚《文史通义·申郑》："创条发例，巨制鸿编。"杰构意为佳作。青史芳声：在史籍上留下美好的声誉。

匾额十二：归舣居

（林剑丹书）

【解析】归：归乡、归来。舣：使船靠岸。都表达了归隐之意。

楹联十一：

满目芳菲入画，
四时烟水催诗。

（谢毅撰，陈忠康书）

【解析】满目芳菲：满眼芳香的花草。四时烟水：一年到头的云烟山水。南宋辛弃疾《沁园春·灵山齐庵赋》："新堤路，问偃湖何日，烟水蒙蒙？"

匾额十三：归真

（尤炳秋书）

【解析】归真：回归到本真的状态。

楹联十二：

不纳高车，但求
　　细木；
功成四省，身老
　　一椽。

（曲景双撰，刘孟贤
书）

【解析】不纳：
不享受。高车：车篷

高，可以立乘的车，借指达官显贵。唐皎然《咏史》："借问高车与珠履，何如卑贱一书生？"细木：细小的木材，与高车形成对仪，在此处借指回归平民生活。集引自宋代金盈之《新编醉翁谈录·容膝斋致语》"茅楣但求于细木，门间不纳于高车"一句。功成四省：指洪钟在修长城、通运河、安抚流民等事迹后总领湖广、陕西、河南、四川等地军务的政绩。身老一椽：椽在古建筑中是放在檩上架着屋顶的木条，可用椽数来推断房屋面积，后代称房屋间数，意为归隐后安居于一间屋子中。

匾额十四：明德

（郑成山书）

【解析】明德：彰明德行。《荀子·成相》："明德慎罚，国家既治四海平。"《明史·洪钟传》记载，洪钟奉命安抚江西、福建一带的流民时，向皇上进言"宜及平时令有司立乡社学，教之诗书礼让"，以德行的力量替代武力，平安地收缴和销毁了兵器。

匾额十五：达观

（胡文虎书）

【解析】达观：心胸开阔，见解通达，顺其自然的样子。西晋陆云《愁霖赋》："考幽明于人神兮，妙万物以达观。"

楹联十三：

藏芦雪逸身闲寄；
耀武风高酒淡尝。

（蔡树农撰，朱永灵书）

【解析】藏芦雪逸：藏身于芦花中，而灰白色的芦花飘逸在空中，如同白色的雪。身闲寄：身子也如同寄托在雪花中，感到闲适。耀武风高：风大得像在展示自己的力量。酒淡尝：小酌淡酒。

匾额十六：舣斋

（李早书）

【解析】舣：停船靠岸，借指归隐。斋：屋舍，常指书房、学舍。

楹联十四：

傍溪波泛宅；
坐岸屋成舟。

（梁霞撰，陈大中书）

【解析】此联将"舣斋"之意融入联中，写小斋傍水而建，既是宅院又像小舟的场景。

匾额十七：松月吟

（林岫书）

【解析】松月：松间明月，多用以渲染幽然情景。唐代孟浩然《岁暮归南山》诗："永怀愁不寐，松月夜窗虚。"

楹联十五:

落月随舟摇梦远;
飞花入户著书香。

（蔡云超撰书,王翼奇润句）

【解析】此联意为落月随着小舟的摇曳,令梦境绵远;花瓣随着风飞入室内,坠着于书上。

匾额十八: 清和亭

（汪永江书）

【解析】天气清明和暖,景色清静平和。

楹联十六:

十里泉溪生不息;
几行云雁去还来。

（吴广波撰,来一石书）

【解析】此联描绘了西溪湿地的春日生态风光。西溪的溪水生生不息、持续不停地流淌着;高空中有几行飞雁,去了又来。

匾额十九: 三瑞堂

（蒋北耿书）

【解析】三瑞堂是南宋著名忠臣忠宣公洪皓即洪钟先祖这一洪氏分支的世家堂号,原悬于宁海。南宋《嘉定赤城志》:"三瑞堂,在厅西。政和四年,主簿洪皓建。时以荷花、桃实、竹干有连理之瑞,已而生子适,故名。"洪皓的三子洪适、洪遵、洪迈三人均应三瑞征兆,功成名就,被认为是洪皓在宁海多行善政、广种德行的缘故,三瑞堂也成了洪皓一脉之世家堂号,见此堂号即知为洪皓后裔,西溪洪氏宗祠的三瑞堂也是洪皓宁海"三瑞堂"的遗续。洪皓长子洪适也曾作《题三瑞堂》诗:"久矣驰魂梦,今登三瑞堂。故山有乔木,近事话甘棠。展骥惭充位,占熊忆问祥。白云留不住,极目是吾乡。"

楹联十七：

架插千编罗卷轴；
堂开三瑞集簪缨。

（清末民初丁立中句，
夏有良书）

【解析】出自清末民初丁立中《西溪怀古诗》之《西溪怀洪美荫》（洪楩字美荫）。架插千编：将千编书卷置于书架上，形容藏书丰富。罗卷轴：网罗书籍。堂开三瑞：指三瑞堂。集簪缨：聚集了高官显贵。

匾额二十：容膝斋

（卢乐群书）

【解析】容膝：仅能容纳双膝，形容容身之地狭小。东晋陶潜《归去来兮辞》："倚南窗以寄傲，审容膝之易安。"

楹联十八：

斋小能容膝；
书香自解颐。

（苏振学撰，
戴小京书）

【解析】容膝：见上注。解颐：开颜欢笑。《汉书·匡衡传》："无说《诗》，匡鼎来；匡说《诗》，解人颐。"

匾额二十一：守和

（沈浩书）

【解析】即守中和，在道教中指圣人法天顺地，不拘于俗，不诱于人。

洪钟别业·书院

匾额一：清平山堂

（朱关田书）

【解析】洪氏藏书楼名。洪氏家族喜欢读书、藏书，明代洪楩所建的清平山堂，是洪氏主要的藏书楼。洪楩，字子美，明代钱塘西溪（今属余杭区五常）人，明文学家、刻书家、藏书家，洪钟是其祖父。洪楩继承先祖书香门第的遗业，在祖父洪钟"两峰书院"的基础上购书藏书、扩大规模，在杭州城南的仁孝坊（俗称清平巷）构筑了清平山堂，后成为明嘉靖年间杭州著名的书坊。他家富藏书，清平山堂也曾是他的藏书楼名。洪楩除了藏书，还专事校刊，明代《清平山堂话本》就是由他刻印自编的，是现存刊印最早的话本小说集，真实保存了宋、元、明三代话本的原始面貌。

匾额二：清平山堂

（钱法成书）

【解析】同洪钟别业·书院匾额一。

楹联一：

书卷忘情，不晓
人间岁月；
田园寄梦，浑然
世外神仙。
（田庆友撰，夏有良书）

【解析】上联意为纵情于浩瀚如烟的书籍，投入其中而两耳不闻窗外事；下联意为寄情于如世外桃源般的田园生活，有如神仙般逍遥自在。

匾额三：隐逸堂

（陈振濂书）

【解析】隐居不仕，闲悦于山林。

匾额四：芝泉沁芳

（王小勇书）

【解析】江西洪氏祖居原有芝泉、芝径，洪适《盘洲集》中有《芝泉》一诗："美瑞山祇管，幽泉地脉通。漱甘冰熨齿，短绠走溪童。"沁芳：渗出芳香。

楹联二：

且作安身小天地；
还期放眼大乾坤。
（肖立峰撰，王晓斌书）

【解析】上联谓，暂且将此藏书楼充当安身立命的小天地；下联谓，还期望能够在此纵观大世界的世事沧桑。

匾额五：西浒堂

（陈进书）

【解析】西浒：西面的水边。浒，水边。

楹联三:

绿野堂开千幅画;
清溪风拂七弦琴。

（雷银喜撰，
沈立新书）

【解析】绿野堂开:语出唐代白居易《奉和令公绿野堂种花》"绿野堂开占物华，路人指道令公家"，借用唐代裴度隐居的典故，形容洪钟的别墅建成之后藏有许多书画。清溪风拂七弦琴:清溪的风拂动着古琴，悠然清雅。

匾额六: 抱月轩

（尉天池书）

【解析】化用于明月入抱，比喻美好的情景进入心怀，使人心胸开阔。清代缪荃孙《宋元词四十家序》:"吾友王子佑遐，明月入抱，

惠风在襟。"

楹联四:

明月入怀应有约;
清光照胆总无私。

（严金海撰，
管峻书）

【解析】明月入怀:意即明月入抱，与匾额同义。应有约:用清代袁枚《春日杂诗》中"明月有情还约我，夜来相见杏花梢"句意。清光照胆:清光，皎洁的光辉;照胆，月明如镜可鉴。北周庾信《镜赋》:"镜乃照胆照心，难逢难值。"

楹联五:

瑶琴挂壁无人到;
宝镜开帘有月来。

（魏伯云撰，
羊晓君书）

【解析】瑶琴:用玉装饰的琴。挂壁:闲置不用。宝镜:镜子的美称。开

帘：打开帘子。

匾额七：浴德思亲

（余正书）

【解析】浴德：修养德性。《礼记·儒行》："儒有澡身而浴德。"思亲：思念亲人。《淮南子·诠言训》："祭祀思亲不求福，飨宾修敬不思德。"

楹联六：

维读维耕，一门雅望；
曰仁曰义，千载高风。

（陈文昭撰，陈亦书）

【解析】维读维耕：又读又耕。维，语助词，用于句首或句中。一门雅望：一族都是有名望的人。曰仁曰义：是仁是义。千载高风：千年流传的高尚风操。西晋夏侯湛《东方朔画赞序》："睹先生之县邑，想先生之高风。"

匾额八：驰英华

（南晖书）

【解析】语出《晋书·陆机陆云传》："挺圭璋于秀实，驰英华于早年。"指青年学子驰骋其才华。

匾额九：奎光阁

（邵华泽书）

【解析】奎光：奎宿之光。奎宿是二十八宿之一，是西方白虎七宿的第一宿，有十六颗星，因形似胯而得名。古人也因其形似文字而认为它主文运和文章，认为奎宿耀光是文运昌明、开科取士的征兆。明代高明《琵琶记·蔡宅祝寿》："奎光已透三千丈，风力行看九万程。"

楹联七：

九雄奎阁冠吴越；
一炬文光射斗牛。

（谷治撰，马世晓书）

【解析】

九雄：指的是南宋洪皓父子四位宰相与明代洪钟祖孙五位尚书。洪氏家族历来有藏书刻书的传统。洪钟的祖父和父亲皆以耕读起家；洪钟继承父志，更喜藏书，"素称学海，书籍拥专城"；洪钟之孙洪楩更承先世遗业，购书藏书，构筑书室，积书数万卷之多；洪钟曾孙洪瞻祖及玄孙洪吉臣、洪吉辉、洪吉符皆继承先世藏书，有名于时。是为五世藏书。奎阁：收藏珍贵典籍的楼阁。冠吴越：在吴越一带称冠。一炬：一把。文光：绚烂的文采。射斗牛：射向二十八宿中的斗宿和牛宿。古人认为天上的星宿，一宿为地上的一舍，一舍为三十里的距离，两座星宿则对应地上方圆六十里的区域；斗宿和牛宿对应的方圆六十里地域是吴越之地，即现今的江浙一带。联中"斗"误书为"鬥"。

匾额十：贵有恒

（吴新如书）

【解析】出自《尚书·毕命》："政贵有恒，辞尚体要，不惟好异。"指贵在稳定持久。

洪钟别业·景观

匾额一：隐雾庐

（夏一鹏书）

【解析】隐雾：隐遁于雾中，等待时机，比喻爱惜其身，隐居而有所不为，有隐居、隐退之意。

楹联一：

三瑞松云接东穆；
九公德业重西溪。

（周进撰，章柏年书）

【解析】三瑞：取自洪皓一脉之世家堂号，代指西溪洪氏尤其宋代的洪皓父子。松云：青松白云，指隐居的地方。《南史·宗测传》："性同鳞羽，爱止山壑，眷恋松云，轻迷人路。"接：接续、延续。东穆：西溪十八坞之一的东穆坞，位于如今西湖区留下街道，

明代洪钟葬于此。据万历《钱塘县志》载："尚书洪襄惠钟墓在定北东穆坞莲花山。嘉靖四年遣官营墓，有祠。"万历《杭州府志》亦载："刑部尚书兼左都御史谥襄惠洪钟墓，在钱塘县定北东穆坞莲花山。嘉靖四年谕葬，遣官营墓。新建伯王文成守仁撰铭。"此联中的东穆代指明代洪钟及其后裔。九公：指官至高位的宋代洪皓四父子与明代洪钟五祖孙，是洪氏家族的代表人物。德业：德行与功业。《后汉书·杨震传》："自震至彪，四世太尉，德业相继。"

匾额二：清风朗月

（方国梁书）

【解析】清风朗月：清凉的微风，皎洁的明月。唐代李白《襄阳歌》："清风朗月不用一钱买，玉山自倒非人推。"比喻高人雅士的美好情怀。

楹联二：

秋月春风归绮阁；
美人香草属名流。

（王企敖撰，桑建华书）

匾额三：鸾栖小筑

（宋一洲书）

【解析】秋月春风：皎洁的秋月，和煦的春风，比喻美好的时光。绮阁：华丽的楼阁。东晋葛洪《抱朴子·知止》："仰登绮阁，俯映清渊。"美人香草：比喻国君与诸贤臣，象征忠君爱国的思想。东汉王逸《序》："《离骚》之文，依《诗》取兴，引类譬谕，故善鸟香草，以配忠贞；恶禽臭物，以比谗佞；灵修美人，以媲于君。"名流：杰出人士。

【解析】鸾栖：鸾鸟栖止，比喻贤士在位。小筑：规模小而比较雅致的住宅，多筑于幽静之处。该匾额取自洪适《交翠亭》中"三十年中事，鸾栖筑小亭"一句。

匾额四：浮碧轩

（邹德忠书）

【解析】浮碧：天空的浅蓝色。

点的夏季便来临了。

楹联三：

杨柳清风，此地系舟几度；
蒹葭白露，伊人在水一方。

（徐儒宗撰书）

【解析】杨柳：意即柳树，是我国古典诗词中常见的一种意象。《诗经·小雅·采薇》："昔我往矣，杨柳依依；今我来兮，雨雪霏霏。"清风：清微的风。出自《诗经·大雅·烝民》："吉甫作诵，穆如清风。"此地系舟几度：化用于"不系舟"的典故。《庄子·列御寇》："巧者劳而知者忧，无能者无所求，饱食而遨游，泛若不系之舟，虚而遨游者也。"一般用来比喻逍遥自在，自由而无所牵挂。下联化用《诗经·秦风·蒹葭》："蒹葭苍苍，白露为霜。所谓伊人，在水一方。"此联大多化用《诗经》原文，表达了对友人的思念之情。

匾额五：花信亭

（吴莹书）

【解析】花信：应花期而来的风，是物候的一种体现，经过二十四番花信风之后，以立夏为起

楹联四：

廊外屯佳气，
云中递捷音。

（周友生撰，黄寿耀书）

【解析】屯：聚集。佳气：美好的云气，是吉祥的象征。递：传递、传达。捷音：胜利的消息。

匾额六：交翠亭

（陈墨书）

【解析】取自洪皓在宁海所修建的交翠亭之名。

楹联五：

四面丹青催画意；
一溪碧翠染诗心。

（朱其亮撰，潘美华书）

【解析】丹青：红色和青色，亦泛指绚丽的色彩，可用于形容风景。唐代陈子昂《江上暂别萧四刘三旋欣接遇》诗："山水丹青杂，烟云紫翠浮。"画意：绘画的意旨或者意图。明代袁宏道《盘山》诗："分明真山子，的的有画

33

意。"碧翠：青翠碧绿，同翠碧。东汉应场《迷迭赋》："烛白日之炎阴，承翠碧之繁柯。"诗心：作诗之心。北宋王令《庭草》诗："独有诗心在，时时一自哦。"

匾额七：既醉亭

（葛德瑞书）

【解析】既醉，出自《诗经·小雅·宾之初筵》："日既醉止，威仪幡幡。"描写了宾客在筵席上已喝醉时的样子。

楹联六：

既醉何妨邀月舞；
欲眠但管对花言。

（雷银喜撰，沈炳书）

【解析】上联意为既然已经醉了，何不在月光下翩翩起舞？下联意为将睡将

醒时的呓语，只管对花说去吧。此联与李白的"醉月频中圣，迷花不事君"有异曲同工之妙。

匾额八：欣对亭

（宋涛书）

【解析】欣对：欣然相对。

楹联七：

抚须欣与儿孙对；
解绶静同鸥鹭盟。

（钱法成撰书）

【解析】抚须：抚摩自己的胡须。对：相对。解绶：解下印绶，指辞去官职。南朝梁萧统《陶渊明传》："渊明叹曰：'我岂能为五斗米折腰向乡里小儿！'即日解绶去职，赋《归去来》。"鸥鹭盟：与鸥鹭结盟为友，比喻隐退。南宋黄庚《渔隐为周仲明赋》诗："不羡鱼虾利，惟寻鸥鹭盟。"

下联描写幽云于春季停留在亭子，悠然闲适。

匾额九：驻屐亭

（吕金柱书）

【解析】驻屐：停步，歇脚。唐代杜甫《秋野五首》（其三）："稀疏小红翠，驻屐近微香。"

匾额十：巢云亭

（戴家妙书）

【解析】巢云：巢居于云中。此亭取于洪氏后人洪瞻祖位于西泠桥下的巢云居之名。

楹联八：

巢暖暮归鸟；
云幽春驻亭。

（成小诚撰，
芮仲益书）

【解析】上联描写归鸟于傍晚还巢，

清平山堂

　　杭州明代的刻书坊中，洪氏家族明代后裔洪楩的清平山堂有着重要的地位。清平山堂是洪楩刻书的堂名，原址位于杭州城内清平山仁孝坊（俗称清平巷）。洪楩所刻书皆署"清平山堂"，所刻之书"既精且多"，其中产生重要影响的有《路史》《清平山堂话本》等。如今其在西溪重建，位于洪园景区内，主要展示杭州刻书历史的整体面貌和清平山堂刻书所取得的成就。

匾额一：清平山堂

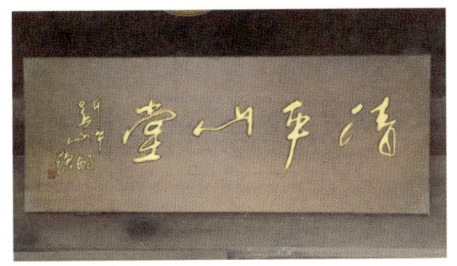

（吴山明书）

【解析】同洪钟别业·书院匾额一。

匾额二：缥缃积益

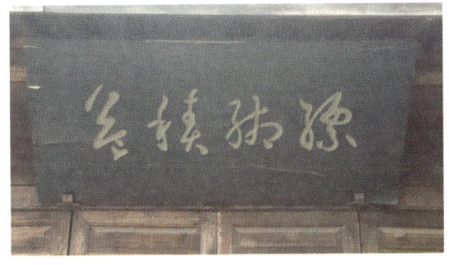

（集孙过庭、王羲之字）

【解析】出自清代丁申《武林藏书录》卷中："孙榰，字子美，荫詹事府主簿，承先世之遗，缥缃积益，余事校刊，既精且多。"缥缃：缥是淡青色，缃是浅黄色，古时常用淡青、浅黄色的丝帛作书囊书衣，因常以指代书卷。积益：积累得越来越多。

楹联一：

丹铅录事成三益；
梅竹香邻自一方。

（明末清初吴本泰句，
傅其伦书）

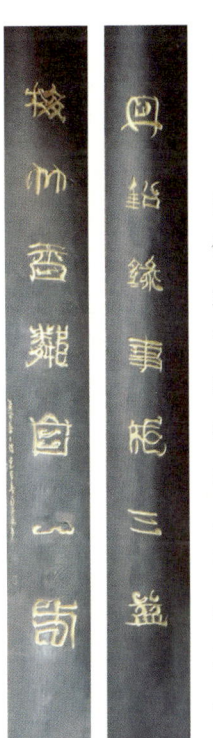

【解析】出自明末清初吴本泰《溪堂早春》诗（收录于《西溪梵隐志》卷三）。丹铅录事：丹铅为用丹砂和铅粉点校书籍，录事为抄录，丹铅录事合指点校、校勘、抄录书籍三事。三益：出自《论语·季氏》，"益者三友……友直，友谅，友多闻，益矣"。梅竹香邻：与梅竹为邻。自一方：自成一片土地。

匾额三：清平山堂

（集严可均、邓石如、
徐三庚字）

【解析】同洪钟别业·书院
匾额一。

楹联二：

岩壑烟霞供注易；
江山冰雪助吟诗。

（清代洪昇句，周祥林书）

【解析】出自
清代洪昇《稗畦集》
之《丘季贞检讨刊吾
乡胡旅堂山人遗集感
赠》。"岩壑烟霞"
与"江山冰雪"都有
在风景极佳之处隐居
之意。此联意为在西
溪隐居，在西溪山
水中注《易经》、吟
《诗经》。

楹联三：

古文选录英华萃；
路史雕刊校勘精。

（清末民初丁立中
句，庄廷伟书）

【解析】出自
清末民初丁立中《西
溪怀古诗》之《西
溪怀洪美荫》。古
文：《古文选》。英
华萃：精华荟萃。路
史：南宋罗泌所撰
《路史》。雕刊：雕
版刊刻。《古文选》
和《路史》都是洪楩（字美荫）校
刊的善本。

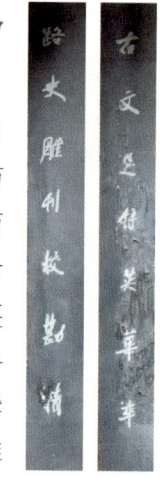

楹联四：

草堂临绿野；
芸阁俯清湖。

（清代王子卿句，林岫书）

【解析】出自清代王子卿
《湖上洪氏山庄》诗。草堂：茅草
盖的屋子。旧时文人常以"草堂"
名其所居或者书斋，以标风操之高
雅。临绿野：对着绿色的山野。芸
阁：古代常在藏书处放芸香以防书
蠹，汉称掌管藏书的秘书省为芸

台，唐称掌管秘书的秘书省为芸阁，称秘书省官员为芸香吏，因此后人常以"芸阁"指代藏书阁。俯清湖：俯临清澈的湖水。

匾额四：一经堂

（集怀素字）

【解析】明代洪钟《命子作》："汝父慕清白，遗无金满簏。望汝成大贤，惟教以一经。经书宜博学，无惮历艰辛。才以博而坚，业由勤而精。"强调了读书传家的重要性。一经即一卷经书，出自《汉书·韦贤传》："遗子黄金满簏，不如一经。"

楹联五：

架上千编罗卷轴；
堂开三瑞集簪缨。
（清末民初丁立中句，张继书）

【解析】同洪钟别业·宅院楹联十七。

清閟堂藏书楼

　　清閟堂是宋代洪适在台州所筑藏书楼之名，如今位于洪园景区中，匾额取自宋代洪氏在各地的书斋名，楹联则赞颂洪氏家族的读书藏书传统。

匾额一：分绣阁

（集杨守敬、《说文解字》、杨沂孙字）

【解析】宋代洪适在任台州通判时所筑的书阁。洪适曾作《分绣阁记》《次酬曾守分绣阁》等诗文，友人曹勋也有《赋洪景伯分绣阁》一诗。

楹联一：

并无第宅容旋马；
惟守琴书不售人。

（清代洪昇句，王冬龄书）

【解析】出自清代洪昇《稗畦集》之《赠赵念昔》。上联意为，没有达官显贵的官邸，住所连容下一匹马转身的空间都没有；下联意为，却

还守着家中的古书古琴，未将其变卖。

匾额二：清闷堂

（集王铎、米芾字）

【解析】宋代洪适在台州所筑藏书之堂。

楹联二：

萝轩万绿供新茗；
草阁群青拥古书。

（明代释大善句，沈岩松书）

【解析】出自明代释大善《西溪百咏》卷上《淇上草堂》。萝轩万绿：爬满了藤萝的小屋。供新茗：摆放着新茶。草阁群青：长满了茅草的小阁。拥古书：坐

拥着满墙古书。

楹联三：

图书邺架烟云染；
琴鹤支轩韵舞幽。

（明代释大善句，陈洪武书）

【解析】出自明代释大善《西溪百咏》卷下《菩提别院》。图书邺架：唐代李泌封邺县侯，有"邺侯"之号，藏书甚富，插架书三万卷，称"邺架"。烟云染：书架为烟云之气熏染。琴鹤支轩：东晋高僧支遁优游山林间，抚琴养鹤。韵舞幽：琴的声韵和鹤的舞姿自成幽隐之味。

楹联四：

一时璞玉终难许；
千载名山自有书。

（清代洪昇句，张旭光书）

【解析】出自清代洪昇《稗畦集》之《寄赠姜西溟》。璞玉：包在石中而尚未雕琢之玉，比喻尚未为人所知的贤才。终难许：终是难以得到认可。名山：常为传之不朽的藏书之所。《史记·太史公自序》："以拾遗补艺，成一家之言……藏之名山，副在京师，俟后世圣人君子。"自有书：自然是藏有许多书的。

楹联五：

四壁图书饶简册；
一窗风月写林泉。

（清代吴祖枚句）

【解析】出自《西溪联吟》之吴祖枚《七十二贤峰楼》。上联意为屋中四面都是图书，可见藏书之丰富；下联意为有一扇可以透风、赏月的窗，足以描摹山林与泉石的秀美景色。

匾额三：蛰寮

（集《说文解字》字）

【解析】宋代洪适、洪遵、洪迈在无锡外祖父家为母亲沈氏守丧期间的读书处，洪适曾作《蛰寮记》。蛰：蛰居。寮：小屋。

楹联六：

云堆满室琴书润；
涧绕深林松竹幽。

（明代释大善句，许雄志书）

【解析】出自明代释大善《西溪百咏》卷上《张氏园亭》。上联意为云气堆满了整个房间，使得琴书显得温润；下联意为碧涧流进了茂密的树林之中，使得松竹显得幽静。

楹联七：

豪富易教开恻隐；
文章也足疗清贫。

（清代陈如松句，陈忠康书）

【解析】出自《西溪联吟》之陈如松《金坞》。联意为富足容易令人心生恻隐之心，文辞则足以疗愈清贫的生活。

楹联八：

柳垂绮阁帘如画；
草映纱窗带束书。

（清末民初丁立中句，吴莹书）

【解析】出自清末民初丁立中《西溪怀古诗》之《耕南坞怀周士民》。此联描绘了柳叶垂在楼阁四侧形成如画般的帘幕，用来束书的书带草倒映在纱窗上的场景，用在此处赞叹藏书楼四周的绿意盎然与藏书楼中的情致高昂。

楹联九：

太乙书藏玄武阁；
蓝田玉种碧桃花。

（明代释大善句，邵岩书）

【解析】出自明代释大善《西溪百咏》卷上《清溪道院》。太乙书：太乙即道家所称的"道"，太乙书即道家典籍。玄武阁：玄武是道教所崇奉的北方之神。蓝田玉种：出自东晋干

宝《搜神记》卷十一："公至所种玉田中，得白璧五双以聘，徐氏大惊，遂以女妻公。"原指相传杨伯雍在蓝田的无终山种出玉来，得到美好的婚配。碧桃花：桃花是道教的教花。此句原赞美清溪道院中道教相关藏书之丰，引联于此处，赞美藏书楼积淀之丰厚。

萝荫书屋

　　萝荫书屋是按照明代典型湿地园林风格建成的，取意于清代吴任臣《游洪氏园》中"一溪香雪长携屐，满院萝阴正读书"的诗句，布局为前院后宅，是洪园的组成部分之一。南宋时洪适、洪遵、洪迈兄弟在所居饶州（今江西鄱阳）、真阳（今广东英德）等地都有园林设施，萝荫书屋中的匾额大多取名于他们的园林名，展现了宋代洪皓父子与明代洪钟祖孙对园林的钟爱，楹联则主要体现洪氏读书传家的家族文化传统。

匾额一：萝荫书屋

（集虞世南、高正臣、
欧阳询字）

【解析】得名于清代吴任臣《游洪氏园》中"满院萝阴正读书"一句。萝阴，即萝荫。

楹联一：

一溪香雪长携屐；
满院萝阴正读书。

（清代吴任臣句，翟万益书）

【解析】出自清代吴任臣《游洪氏园》（收录于徐世昌辑《晚晴簃诗汇》卷四十二）诗："秋宪当年赋《遂初》，槿篱茅屋树枝疏。一溪香雪长携屐，满院萝阴正读书。"一溪香雪：香雪即梅

花，清代陆次云《湖壖杂记》："西溪之梅名曰香雪。"一溪香雪指溪水中飘满了落下的梅花。长携屐：一直携带着登山屐，指经常登山。登山屐是南朝宋诗人谢灵运游山时常穿的一种有齿的木屐。《南史·谢灵运传》："寻山陟岭，必造幽峻……登蹑常着木屐，上山则去其前齿，下山去其后齿。"后常用作探幽的典故。满院萝阴：谓院子中长满了绿色藤萝。"阴"误书为"荫"。萝阴，即生长在背阳处的藤萝。正读书：恰好在读书。

匾额二：小隐

（集奚冈、曹全碑字）

【解析】洪遵号小隐，也有"小隐隐陵薮，大隐隐朝市"之意。

楹联二：

新诗半箧为行李；

好梦移时作胜缘。

（明代黄启圻句，李啸书）

【解析】出自明代黄启圻《独往西溪》诗（收录于《西溪梵隐志》卷三）："处处荆榛处处牵，倏然独往觅林泉。新诗半筐为行李，好梦移时作胜缘。"新诗：新作的诗，此处指在西溪湿地有感而发所作的诗。

半筐：筐是箱子一类的东西，用于置物，半筐即半个箱子。行李：出行所带的物品。好梦：美梦，此处指在西溪湿地夜有所悟所做的梦。移时：一会儿。胜缘：佛教语，即善缘，泛指好的缘分。

匾额三：琼墅

（集颜真卿字）

【解析】这是洪迈在饶州（今江西鄱阳）的园宅名。琼墅意为美好的别墅。

楹联三：

驹隙光阴身易老；
槐安梦幻醒难寻。

（宋代洪适句，段成桂书）

【解析】出自宋代洪适《满江红·和徐守三月十六日》词。

驹隙光阴：比喻光阴迅速，如白驹过隙。身易老：容易变老。槐安梦幻：意即槐安梦。唐代李公佐《南柯太守传》载，淳于棼饮酒古槐树下，醉后入梦，见一城楼题"大槐安国"，槐安国王招其为驸马，任南柯太守三十年，享尽富贵荣华；醒后见槐下有一大蚁穴，南枝又有一小穴，即梦中的槐安国和南柯郡。后因用"槐安梦"比喻人生如梦，富贵得失无常。醒难寻：醒来后难以再寻觅梦中的所见所得。原词作"醒难觅",据楹联"仄起平收"规则而改。

匾额四：爽堂

（集《华山神庙碑》《孔彪碑》字）

【解析】这是洪皓在真阳的居所名。

楹联四：

门户宁期大；
琴书可幸存。

（清代洪昇句，林剑丹书）

【解析】出自清代洪昇《稗畦续集》之《得庶孙示儿之震》。门户：门第。宁期大：难道期望如此壮大？意为没有料到门楣会如此壮大。琴书：古琴和书籍，多为文人常伴之物。可幸存：据联律当为"幸可存"，谓欣幸

琴书可以存下。

楹联五：

花前看罢徐熙画；
竹里烹来陆羽茶。

（清代洪昇句，蔡云超书）

【解析】出自清代洪昇《四婵娟》第三折《李易安》："（诗云）花前看罢徐熙画，竹里烹来陆羽茶。"徐熙：五代南唐画家，江宁（今江苏南京）人，一说钟陵（今江西南昌）人。善画花鸟虫鱼，所作禽鸟神气迥出，别有生动之意；画花

木落墨为格，杂彩副之，人称"落墨花"。与黄荃并称"黄徐"，形成五代、宋初花鸟画两大流派。陆羽茶：唐代陆羽，复州竟陵（今湖北天门）人，著有《茶经》，被称为"茶圣"。

匾额五：澹津

（集董其昌、文徵明字）

【解析】这是洪皓、洪迈父子在饶州的园宅名，取自当地澹津湖之名。

【解析】取自洪皓、洪迈父子曾经生活过的饶州的澹津湖之名。

楹联六：

浊酒对倾浑不厌；
奇文互赏直忘疲。

（清代洪昇句，姚建杭书）

【解析】出自清代洪昇《啸月楼集》之《与毛玉斯》。浊酒：古代酿制后未过滤的酒，也指浓酒。对倾：相对着举杯痛饮。浑不厌：完全不觉得厌烦。奇文互赏：奇妙的文章共同欣赏。东晋陶潜《移居》（其一）："奇文共欣赏，疑义相与析。"直忘疲：简直忘记了疲劳。

匾额六：澹园

楹联七：

阶生兰桂随时秀；
堂奏篪埙逐口酬。

（明代释大善句，金心明书）

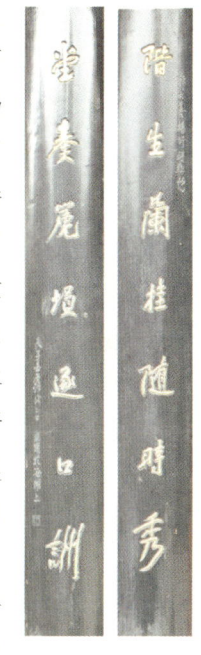

【解析】出自明代释大善《西溪百咏》卷下《杨圩》。圩地就是四周被堤围着的耕地，因此又叫"围田"，杨圩则是世居钱塘的宋朝功臣杨统制兄弟退归林下后所各置的一圩财产，位于西溪北。兰桂：旧时用以比喻子孙后代。时秀：兰桂芳香并发，成为一时的俊秀。上联指杨氏良好的家风让子孙后代兴旺发达。堂奏篪埙：埙、篪都是古代乐器，二者合奏时，声音相应和，因常以比喻兄弟亲密和睦。口酬：相互酬和的样子。下联指杨氏兄弟和谐相敬的家人之谊。

洪昇纪念馆

　　《长生殿》在中国戏曲史上占有重要地位，使洪昇成为中国古代戏曲的代表作家之一，与孔尚任并称"南洪北孔"。洪昇纪念馆位于洪园景区内，展示了洪昇坎坷传奇的一生和他的伟大艺术成就，馆中楹联匾额大多引自洪昇友人对其文学成就的赞叹之辞。

匾额一：激浪崩雷

（集王羲之、《安乐王墓志》、欧阳通字）

【解析】出自清代陆繁弨《善卷堂四六》卷三《汪雯远诗余序》："洪昉思之激浪崩雷。"引北宋朱长文《琴史》载隋唐赵耶利所述："吴声清婉，若长江广流，绵延徐逝，有国士之风。蜀声躁急，若激浪奔雷，亦一时之俊。"形容洪昇的词风如同蜀琴一样激烈奔放。

楹联一：

一时侧目看才子；
几处低鬟拜粉郎。

（明末清初吴绮句，何昌贵书）

【解析】出自明末清初吴绮《夜读昉思诸乐府题赠》（其二），赞颂洪昇多种剧本的精妙。侧目看才子：侧目意为偏着头看，可形容入神；侧目看才子则指因洪昇的才华而对他刮目相看。低鬟：鬟，古代妇女头上的发髻；低鬟形容女子羞涩的样子。粉郎：三国魏何晏仪容美丽，面如傅粉，尚魏公主，封列侯，人称粉侯，亦称粉郎，后用作对郎君的爱称（载于南朝宋刘义庆《世说新语·容止》）。

匾额二：西泠词客

（集王羲之、陆柬之、米芾字）

【解析】出自清代陶孚尹《欣然堂集》卷一《曹颂嘉漫园大会宾客即席分赋得七言四绝》："西泠词客寄情长，天宝遗音金屑香。"西泠：亦称"西陵桥"，在杭州孤山西北尽头处，也可用于指代杭州。词客：擅长文词之人。唐代王维《偶然作》（其六）："宿世谬词客，前身应画师。"

楹联二：

万叠风波经九死；
一编词赋足千秋。

（清代沈绍姬句，丛文俊书）

【解析】出自清代沈绍姬《寒石诗钞》卷十。万叠风波：指经历了一重又一重的磨难。风波，比喻生活或命运中所遭遇的不幸或盛衰变迁。九死：多次濒临死亡，比喻处于极危险的境地。《离骚》："亦余心之所善兮，虽九死其犹未悔！"一编词赋：指洪昇所作词赋的汇编，即由洪昇儿子洪之震赠予沈绍姬的《稗畦续集》。足千秋：足以流传千秋。

匾额三：啸月

（集朱熹、米芾字）

【解析】题出清代洪昇《啸月楼集》。

楹联三：

海内诗家洪玉父；
禁中乐府柳屯田。

（清代朱彝尊句，高庆春书）

【解析】出自清代朱彝尊《曝书亭集》卷二十《酬洪昇》诗。上句紧切洪昇其姓，以宋代江西诗派著名诗人洪炎（字玉父）相拟洪昇，以誉其诗才；下句又以北宋词人柳永（因柳永是由屯田员外郎致仕，所以世称柳屯田）精通词曲乐章来比对《长生殿》的作者洪昇，以赞其擅长戏曲创作。

匾额四：曲家第一

【解析】即戏曲家中之第一人，赞颂洪昇的戏剧成就。

楹联四：

吴越管弦君自领；
江湖来往我无期。

（清代赵执信句，刘恒书）

【解析】出自清代赵执信《晤洪昉思聊答赠》（收录于徐世昌辑《晚晴簃诗汇》卷四十七）。吴越管弦：吴越指春秋吴越故地，即如今江浙一带；管弦即管乐和弦乐，是中国传统戏曲的主要配乐，可代指戏曲。自领：自是统领。江湖来往我无期：我却了无期限地在四方各地漂泊流离。上联意在赞颂洪昇在戏曲上的成就，下联则表达作者自己对洪昇得以定居故乡安度晚年的艳羡。

"钱塘望族"洪氏家族文化陈列馆

　　杭州洪氏家族历经宋、明、清三代，800年间人才辈出，在政治、军事、外交、新史学、金石学、钱币学、志怪小说和戏曲等领域都取得了后人难以超越的成就。展览以现代视角阐述了洪氏家族在政治和文化上的伟大建树，内容翔实，表现形式生动丰富。

匾额一：巍然人杰

（集颜真卿字）

【解析】出自明代王守仁《王文成公全书》卷二十五外集七《谥襄惠两峰洪公墓志铭》："桓桓襄惠，巍然人杰。自其始仕，声闻已揭。"即王阳明赞誉洪钟是卓尔不群的人中豪杰。巍然：卓尔不群的样子。东晋葛洪《抱朴子外篇·汉过》："含霜履雪，义不苟合；据道推方，巍然不群。"人杰：人中豪杰。

楹联一：

乡关有客时瞻望；
海国何人步后先。

（洪氏宗谱诗，
王丹书）

【解析】出自《敦煌郡洪氏通宗谱》。乡关：家乡、故乡。《陈书·徐陵传》："瞻望乡关，何心天地？"有客：一起客居在外的同乡。时瞻望：时不时远望。海国：近海地域，与洪姓发源地敦煌郡相比，洪氏后人东迁的浙、淮、闽、楚等地都可以称为海国。何人：什么人。步后先：后继。

匾额二：高步云衢

（集莫友芝、杨沂孙、邓石如、
《说文解字》字）

【解析】高高地行走于登天的大道，比喻位居高官显爵。《晋书·郗诜阮种等传》："郗诜等并韫价州里，襄然应召，对扬天问，高步云衢，求之前哲，亦足称矣。"

楹联二：

月桂他年应独折；
琼林今日遂重新。

（宋代洪皓句，钱
剑力书）

【解析】出自宋代洪皓《鄱阳集》卷一《小亭落成都官有诗次韵以谢》（其一）。折月桂：比喻登第、登科。唐代周墀《贺王仆射放榜》诗："虽欣月桂居先折，更羡春兰最后荣。"新琼林：旧时天子宴请新科进士的地方。元代高明《琵琶记·春宴杏园》："文章过晁董，对丹墀已膺天宠。赴琼林新宴，颤宫花缓引黄金鞯。"

匾额三：三瑞传芳

（集赵之谦、邓石如、《隶辨》、金农字）

【解析】三瑞堂是洪皓这一洪氏分支的世家堂号，原位于宁海。详见洪钟别业·宅院匾额十九。

楹联三：

风雅传当世；
功名及妙年。

（清代洪昇句，石力书）

【解析】出自清代洪昇《啸月楼集》之《喜汪雯远初授太史兼述近状却寄三十二韵》。风雅：《诗经》有《国风》《大雅》《小雅》等部分，后世用风雅泛指诗文。传：流传。当世：当代。功名：功绩和名位，封建时代指科举称号或官职名位。及：正赶上。妙年：少壮之年。功名的取得正赶上少壮之年。

戏曲长廊

　　中国戏曲源于宋朝在浙江省温州市和杭州市形成的具备地方文化的"南戏"。在优秀作品人才济济的中国戏曲江河中，洪昇里程碑式的经典著作《长生殿》是其中璀璨的明珠，它汇集了古代中国戏曲最出色的元素，为中国戏曲的压卷之作。戏曲长廊中，曲径通幽的木栈道将《长生殿》台本以铜雕小人书的方式呈现在游人眼前，真正呈现唐明皇李隆基与杨贵妃的爱情小故事，让游人真实地体会中国戏曲《长生殿》与众不同的风韵。

匾额一：长生曲

（集《史晨碑》《华山神庙碑》
《校官碑》字）

【解析】指清代洪昇所作著
名戏剧作品《长生殿》。

楹联一：

好凭一枕游仙梦；
暗授千秋法曲音。
（清代洪昇句，徐利明书）

【解析】出自
清代洪昇《长生殿》
第十一出《闻乐》。
好凭一枕游仙梦：出
自游仙枕的典故，是
传说中能令枕者进入
幻境的枕头。五代王
仁裕《开元天宝遗
事·游仙枕》："龟
兹国进奉枕一枚，其
色如玛瑙，温温如
玉，制作甚朴素。枕

之寝，则十洲、三岛、四海、五湖
尽在梦中所见，帝因立名为游仙
枕。"暗授千秋法曲音：法曲传承
千年之久。法曲是一种古代乐曲，
东晋南北朝称作法乐，因其用于佛
教法会而得名，原为含有外来音乐
成分的西域各族音乐，后与汉族的
清商乐结合，并逐渐成为隋朝的法
曲，其乐器有铙钹、钟、磬、幢
箫、琵琶。至唐朝又掺杂道曲而发
展至极盛阶段。《长生殿》第十一
章《闻乐》讲述嫦娥着仙女召前身
原是蓬莱玉妃的杨贵妃，重听《霓
裳羽衣曲》，欲"使其醒来记忆，
谱入管弦"，让月中侍儿寒簧将杨
贵妃梦魂引到广寒宫，参观游览一
番仙境后又回到了人间宫殿的内
容。

匾额二：闻乐

（集赵之谦字）

【解析】出自清代洪昇《长生
殿》第十一出篇名《闻乐》。

楹联二：

载酒江湖乘白舫；
征歌花柳拍红牙。

（清代孙凤仪句，童晏方书）

【解析】

出自清代孙凤仪诗题《和赠洪昉思原韵十首》第八首。载酒江湖：语出唐代杜牧《遣怀》中"落魄江湖载酒行"一句，载酒行即装运着酒漫游，意谓沉浸在酒宴之中。乘白舫：乘坐白木所做的船，是古诗词中心情轻快时常见的意象。征歌：谓征招歌伎唱歌。唐李白《宫中行乐词》（其二）："选妓随雕辇，征歌出洞房。"花柳：繁华游乐之地。唐代李白《流夜郎赠辛判官》诗："昔在长安醉花柳，五侯七贵同杯酒。"拍红牙：红牙是奏乐的拍板，红指板的颜色，牙指板的形状，一般是唱曲女子的乐器。这一

联说人们都喜欢听曲看戏，但《长生殿》的艺术魅力是一般戏曲作品无法比拟的。

楹联三：

青葙不堕魂堪慰；
红豆重歌泪未收。

（清代沈绍姬句，朱培尔书）

【解析】出自清代沈绍姬《寒石诗钞》卷十《喜洪济修过存并读其尊人昉思稗畦续集有感赋此以赠》诗。青葙：亦作"青箱"，南朝尚书令王彪之家世代以朝仪故事积累于青箱之中，人称"王氏青箱学"；后因以"青箱"喻指世代相传的家学。《宋书·王准之传》："曾祖彪之，尚书令。祖临之，父讷之，并御史中丞。彪之博闻多识，练悉朝仪，自是家世相传，并谙江

左旧事，缄之青箱，世人谓之'王氏青箱学'。"不堕：不堕地。魂堪慰：指的是洪昇传承了洪氏家风，足以使得洪氏先祖的魂灵得到安慰。红豆：红豆树、海红豆及相思子等植物种子的统称，其色鲜红，文学作品中常用以象征爱情或相思。唐代王维《相思》诗中"红豆生南国，春来发几枝"是最为著名的描写红豆的诗句。重歌：此指洪昇的代表作《长生殿》是对《长恨歌》的重新演绎。泪未收：形容洪昇诗作令人感泣。

匾额三：天宝遗音

（集颜真卿、欧阳询字）

【解析】天宝：唐玄宗李隆基的年号。遗音：前代留传下来的音乐，也可指不绝之余音。此匾指《长生殿》还原了唐玄宗与杨贵妃的爱情故事，并成为流传后世的戏曲名作。

楹联四：

响遏云端，皋禽
　闻而振羽；
声传水际，渊鱼
　听而耸鳞。

【解析】改编自清代汪熷《〈长生殿〉序》："声传水际，渊鱼听而耸鳞；响遏云端，皋禽闻而振羽。"意为赞颂洪昇的《长生殿》曲调之美让飞禽走兽也为之倾倒。

匾额四：仙忆

（集苏轼字）

【解析】出自《长生殿》第四十出篇名《仙忆》。

楹联五:

调若激扬,崩雷鼓浪;
歌能绵婉,残月晓风。

(清代洪昇句,
陈纬书)

【解析】出自清代洪昇《集外集》之《阙题》文,原文上下句互换。调若激扬:诗文激越昂扬。崩雷鼓浪:激浪崩雷,形容词调奔放。歌能绵婉:词曲绵长婉转。残月晓风:形容凄清的诗词意境。

楹联六:

开尊东阁看花夜;
飞盖西园踏月时。

(清代洪昇句,韦斯琴书)

【解析】出自清代洪昇《稗畦集》之《哭陈其年检讨》(其二)。开尊:打开盛酒器,指饮酒。北宋陈瓘《卜算子》词:"后夜开尊独酌时,月满人千里。"飞盖:驱车。盖,车篷。北宋秦观《千秋岁》词:"忆昔西池会,鹓鹭同飞盖。"

匾额五:兰思

(集沈粲、怀素字)

【解析】出自清代洪昇《集外集》之《阙题》文:"兰思弘文,继正平而并誉;昆池高咏,胜佺期以同称。"兰思:对他人文思的美称。

楹联七:

水浅野童争射鸭;
春寒村女欲烘蚕。

(清代洪昇句,仙华山人书)

【解析】出自清代洪昇《稗畦集》之《语溪晚泊怀吴匪庵太史》。形容春寒料峭时分,村童溪水边戏鸭,村姑忙于准备桑蚕农事,这是江南水乡的常见景象。射鸭:古时的一种游戏。唐代王建《宫中三台词》："鱼藻池边射鸭，芙蓉苑里看花。"烘蚕：因收烘蚕茧，使得蚕丝里面的水分得以去除，是春日里的生产活动。

楹联八：

短拍长歌，亦正形其怨咽；
繁弦哀玉，适足写其绸缪。

（清代汪熷句，高挺书）

【解析】出自清代汪熷《〈长生殿〉序》，原文上下句互换。短拍长歌：长长短短的节拍与乐曲。怨咽：哀伤呜咽。繁弦哀玉：繁弦即繁杂的弦乐声，哀玉即如玉声凄清的音响。绸缪：情意深厚。此联写洪昇所写的各个曲子在节拍、乐曲和音乐上都很华美繁复，足以体现人物感情。

楹联九：

尊前绮席陈歌舞；
花外红楼列管弦。

（清代洪昇句，章柏年书）

【解析】出自清代洪昇《长生殿》第九出《复召》。尊前：在酒尊（或作樽）之前，即酒宴上。绮席：古人称坐卧之铺垫用具为

席，此处指华丽的席具，借指盛美的筵席。红楼：此处指演出歌舞的戏楼。

楹联十：

梧桐夜雨词凄绝；
薏苡明珠谤偶然。

（清代朱彝尊句，容铁书）

【解析】出自清代朱彝尊《酬洪昇》诗。梧桐夜雨：唐代白居易《长恨歌》："春风桃李花开夜，秋雨梧桐叶落时。西宫南苑多秋草，宫叶满阶红不扫。"元代白朴杂剧《唐明皇秋夜梧桐雨》则据正史以及有关李、杨爱情的传说故事改编而成。"梧桐雨"是指唐明皇还京后，置贵妃像于宫中，日夜思念，一夕入梦，被雨打梧桐声惊醒的情节。此处指洪昇在《梧桐雨》和《长恨歌》的基础上创作了《长生殿》。词凄绝：词句极度凄凉或伤心。薏苡明珠：意思是薏米被进谗的人说成了明珠，比喻被人诬蔑，蒙受冤屈。典出《后汉书·马援传》："初，援在交阯，常饵薏苡实，用能轻身省欲，以胜瘴气。南方薏苡实大，援欲以为种，军还，载之一车。时人以为南土珍怪，权贵皆望之。援时方有宠，故莫以闻。及卒后，有上书谮

之者，以为前所载还，皆明珠文犀。"谤偶然：谤即恶意谤毁，偶然表示突然的、意想不到的。此联写洪昇因演《长生殿》招祸的憾事。

楹联十一：

高士美人情独往；
轻烟淡月梦三生。

（明末清初黄周星句）

【解析】明末清初黄周星《戊申仲春武林西溪看梅得晴阳二字》诗。高士美人：出自明代高启《梅花九首》"雪满山中高士卧，月明林下美人来"一句，以高士美人比之梅花，以雪的洁白、月的清明，如高士情操、美人风姿来写梅花的高洁与风韵。情独往：令人心驰神往，情有独钟。轻烟淡月：苏轼、苏小妹与友人黄庭坚论诗时的诗题"轻风细柳"和"淡月梅花"。梦三生：指梦回前生、今生、来生，形容思绪飘散。

楹联十二：

一言每破时流病；
五字能争造化权。

（清代朱廷铉句，宋涛书）

【解析】一言：一句话、一番话，指一语中的。时流病：时下流行的弊病。五字：五个字，多指诗文中五字句，泛指表章。造化权：创造一切的能力。

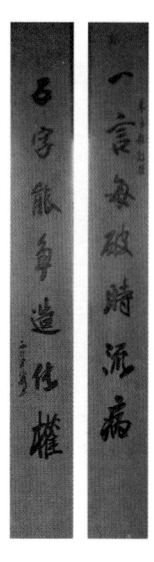

文人别业

高庄

　　高庄位于西溪湿地南片的福堤入口东，又名"西溪山庄"，俗称"西庄"。高庄的前身是柴庄，明代柴世尧（字云倩）曾隐居于此。高庄则始建于清顺治十四年（1657）至康熙三年（1664）之间，是清初盛世宫廷学者高士奇的府第，曾迎来康熙驾临。据民国时期拍摄的照片注释："高庄，为杭绅高士奇宫詹赐园，有清圣祖御书'竹窗'匾额，园景古洁幽邃，为西湖诸园小冠。"高士奇卒后，高氏家道中落，高庄为张照所得，改称张庄。至道光二十六年（1846），该地仅存七亩，前后两方塘，水竹未荒，村人以养鱼为业。

　　现恢复的高庄由高宅、竹窗、捻花书屋、桐荫堂、蕉园诗社等建筑组成，高宅、竹窗、捻花书屋、桐荫堂等建筑的楹联匾额大多反映了西溪历史中以高士奇为主角的独特的官宦事迹，而蕉园诗社建筑群则主要反映了明清时期柴云倩季女柴静仪所在的蕉园诗社的女子艺文活动。

高庄·高宅

匾额一：西溪山庄

【解析】山庄：山中或乡间僻静的别墅，一般是业主的别业。西溪山庄前身为柴庄，高士奇买下后改建为西溪山庄并作为他在西溪的别墅。康熙皇帝曾到访高庄，并留下五言诗《题西溪山庄以竹窗二字书赐高士奇》："花源路几重，柴桑皆沃土。烟翠竹窗幽，雪香梅苔（一作岸）古。"而康熙时人物画的第一人禹之鼎、明末杭州武林画派创始人蓝瑛的孙子蓝深等也有多幅注明画于西溪山庄的画。

匾额二：隐秀居

（陈振濂书）

【解析】隐秀：隐居于秀美

的山水间，此指高士奇隐居于风景秀美的西溪，高庄地方十分幽静清雅。

楹联一：

一曲溪流堪隐秀；
四围花影好藏春。

（陈乐道撰，池长庆书）

【解析】一曲溪流：出自清代浙西词派代表人物厉鹗在泛舟西溪时写下的名句"芦锥几顷界为田，一曲溪流一曲烟"，如今多用此句指代西溪景色。堪隐秀：能够隐居于秀丽的溪山。四围：四面环绕，四周。花影：花投在地上或墙上的影子。好藏春：正可以蕴藏动人的春色。

匾额三：西庄

（刘江书）

【解析】"西庄"是高庄的俗称。

楹联二：

宸翰一窗幽翠竹；
御舟十里远清溪。

（吕可夫撰，余正书）

【解析】宸翰：帝王的墨迹。唐代沈佺期《立春日内出彩花应制》诗："花迎宸翰发，叶待御筵披。"一窗：意即竹窗。幽：沉静而安闲。翠竹：碧绿的竹子，一般象征闲适的隐逸生活。御舟：帝王所坐的船。十里：古时于道路每隔十里设长亭，五里设短亭，供行旅停息，近城的十里长亭常为送别之处，因此十里一般泛指送别处。清溪：西溪水。康熙皇帝御驾亲临西溪山庄时曾御书"竹窗"二字，还御制五言律诗一首，上联可能化用了这一事迹以及诗中"烟翠竹窗幽，雪香梅苔古"一句，说明康熙皇帝曾留下墨宝，用以赞扬此处因多竹而清幽雅静的意境。另据《西湖志纂·西溪纪胜》载，"圣祖仁皇帝南巡，临幸西溪，由昭庆寺乘马至木桥头登舟，从骑俱止桥外，独与内大臣泛小舟至其庄观览久之"，因此下联写了康熙皇帝曾乘坐的小舟来到西溪的事迹。

匾额四：和鸣书屋

（梁平波书）

【解析】和鸣：互相应和而鸣，可指志同道合、意见相通，后多用来形容夫妻间感情和睦。《诗经·周颂·有瞽》："喤喤厥声，肃雍和鸣。"该匾额悬于高宅中堂，中堂在我国传统民居建筑中一般用于招待客人，当时可能是高士奇与往来的名人墨客吟诗作画之所。

楹联三：

清酒边，满纸春云润屋；
芸窗外，一溪秋雪摇空。

（薄松涛撰，祝遂之书）

【解析】清酒：清醇的酒，因为古代酿造技术有限，清酒往往十分珍贵，一般都是祭祀用酒，平日里可能只有富贵加身的上层人士才能够喝得起。满纸春云：可能指画纸上的春色风光。润屋：使居室华丽生辉。《礼记·大学》："富润屋，德润身。"芸窗：指书斋。唐代萧项《赠翁承赞漆林书堂诗》："却对芸窗勤苦处，举头全是锦为衣。"一溪秋雪摇空：形容西溪芦花在空中飘摇飞舞。

匾额五：风篁成韵

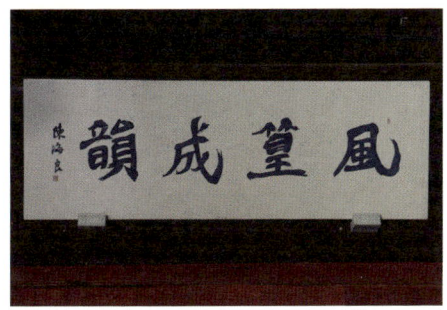

（陈海良书）

【解析】风篁成韵：风吹竹林所发出的声响自成韵律，出自南朝宋谢庄《月赋》："若乃凉夜自凄，风篁成韵。"

楹联四：

碧涧迎门，白云入室；
飞觞醉月，抵掌论文。

（徐弘道撰，周祥林书）

【解析】碧涧：清澈的山涧。南朝宋谢灵运《入华子岗是麻源第三谷》诗："铜陵映碧涧，石磴泻红泉。"迎门：犹"当门"（作者原作为"当门"）。飞觞：举杯或行觞。西晋左思《吴都赋》："里宴巷饮，飞觞举白。"抵掌：侧手击掌，或以一手复按另一手的手掌，形容兴奋激扬的样子。南朝梁刘峻《广绝交论》："见一善则盱衡扼腕，遇一才则扬眉抵掌。"

匾额六：逸志不群

【解析】逸志：超逸脱俗之志。不群：不平凡。出自东晋袁宏《三国名臣序赞》："公瑾卓尔，逸志不群。"

匾额七：凤鸣高岗

【解析】《诗经·大雅·卷阿》："凤凰鸣矣，于彼高冈。梧桐生矣，于彼朝阳。"用凤凰和鸣，声飞高岗来形容品格的高洁美好。

楹联五：

斯室雅，斯境幽，斯庄古；
其艺精，其学博，其遇殊。

（汤伯林撰，俞建华书）

【解析】上联赞誉高庄的环境，即这屋子是如此雅致，这环境是如此清幽，这庄子是如此古朴；下联赞颂高士奇的生平，即他的才艺是如此精卓，他的学识是如此渊博，他的际遇是如此特别。上联写景，下联咏人，十分贴切。

楹联六：

影幻姝衣，薄云呈倩；
野留天格，雅士称奇。

（王漱居撰书）

【解析】影：花影。幻：幻化、幻想。姝衣：姝丽而轻柔之衣。薄云呈倩：暗含高庄前身柴庄主人柴云倩之名。野：野花野草等野生之物。留：保存、保留。天格：高雅的品格。唐代孟郊《品松》："此松天格高，耸异千万重。"

涵"高"字之意。雅士称奇：嵌士、奇二字。

匾额八：皆春阁

（姚建杭书）

【解析】阁名"皆春"，即满眼望去都是春天的景色。皆春阁位于高宅二层中堂，远眺时风景极佳。

楹联七：

四季园花，次第留春住；
千竿修竹，参差傍日升。

（郑少梅撰，朱大焱书）

【解析】次第：依次、一个接着一个的。修竹：修长的竹子。参差：不齐的。在皆春阁登高远眺，能够看见园子中一年四季的花竞相开放，似乎是你追我赶地要把春天留住，也能看到许多修长的竹子，错落有致地紧紧靠着太阳，与日头升起一般长高。

高庄·竹窗

匾额一：竹窗

（清康熙皇帝题）

【解析】在中国古典园林中，临窗栽竹是很常见的造景方式，"竹窗"也是古诗中用得比较多的意象，通过窗子以小观大、以近纳远，能感受到丰富的园林情调与清雅之意。"竹窗"二字为康熙二十八年（1688）康熙皇帝在西溪山庄观赏时御书，用以赞扬西溪山庄多竹的清幽环境，后被高士奇做成匾额悬挂于正堂。

楹联一：

春水放轻舟，御临此宅；
花阴开小径，君到斯庄。

（蒋荫焱撰，吕迈书）

【解析】春水：指康熙皇帝到访西溪时正值初春。御：指帝皇，误书为"禦"。君：此指游客"您"。

楹联二:

竹含溪韵味;
窗透月精神。

(潘一之撰,
蒋北耿书)

【解析】竹林蕴含着西溪的情韵,纱窗透着月色的风神。此联藏头嵌竹、窗二字,短小精悍地抒发了对竹窗景色之美的赞叹。

匾额二:四海承风

(张海书)

【解析】四海承风意为政令、教化通行于天下。《孔子家语·好生》:"舜之为君也,其政好生而恶杀,其任授贤而替不肖。德若天地而静虚,化若四时而变物

也。是以四海承风。"此匾挂于康熙皇帝曾经坐过的竹窗中堂。

楹联三:

古风墨竹双高士;
暮雪寒梅两美人。

(高宏宇撰,刘一闻书)

【解析】古风:此指高庄景点的古雅风情。墨竹:竹的一种。竹常作为德行高洁的象征。暮雪:日暮时降落之雪。寒梅:寒冬时节开的梅花。上联形容这里的古风与墨竹有如一双高士,下联形容这里的暮雪与梅花有如两位美人。

匾额三:日月丽天

(尉天池书)

【解析】丽：附着。《周易·离》："日月丽乎天，百谷草木丽乎土。"意为像日月悬挂在天空，比喻永恒不变。

楹联四：

竹窗梦恋云间月；

苇筏情牵溪外霞。

（马萧萧撰书）

【解析】此联为当代联家游高庄时对景抒情之作。上联想象竹窗所望见之云间月可入梦境，下联则于溪上乘筏情系飞霞。

匾额四：唯贤是登

（李章庸书）

【解析】语出《后汉书·朱浮传》："是以博举明经，唯贤是登。"指用人只选任和提拔有德有才的贤良之人。

楹联五：

外传贯穿，遗经起例；

内廷供奉，绝学达聪。

（李达撰，王小勇书）

【解析】外传：指对儒家经典的解释性、补充性著作，是不以解经为主的注疏。东汉王充《论衡·案书》："国语，左氏之外传也。左氏传经，辞语尚略，故复选录国语之辞以实。"贯穿：融会贯通。《汉书·司马迁传》："亦其涉猎者广博，贯穿经传，驰骋古今，上下数千载间，斯亦勤矣。"遗经：指古代留传下来的经书。《晋书·王湛荀崧等传》："崧则思业该通，缉遗经于已紊。"起例：定出体例。内廷：清代内廷指乾清门内，皇帝召见臣下、处理政务之所。军机处、南书房等重要机构均设于此。供奉：唐代有高深修养的文人及艺术家，皆被皇帝罗致左右，以某种技艺侍

奉帝王，称为"供奉"；清代则称南书房行走为内廷供奉，属于职官名。绝学：造诣独到之学。达聪：这里是"达圣聪"之意，指高士奇以自己绝学之名誉传入皇帝的耳朵，以邀皇帝之垂宠。

匾额五：古香阁

（骆恒光书）

【解析】古香：指图书、藏画、法帖等发出的古雅之气息。南宋陆游《小室》："窗几穷幽致，图书发古香。"

楹联六：

竹外溪山古；
花间翰墨香。

（夏有良撰，
许绍满书）

【解析】古：古老。翰墨：此借指文章、书画。

高庄·捻花书屋

匾额一：来凤轩

（申万胜书）

【解析】来凤：取典于"有凤来仪"，指吉祥的征兆，亦暗喻帝王之降临。《尚书·益稷》："《箫韶》九成，凤凰来仪。"

楹联一：

筑室端宜贤哲隐；
开轩喜见凤凰来。

（袁第锐撰书）

【解析】筑室：建设瓦屋。《诗经·大雅·绵》："曰止曰时，筑室于兹。"端宜：确实适宜。贤哲：贤士、哲人。隐：隐居。开轩：启开轩窗。凤凰来：见前注。

匾额二：有凤来仪

（任平书）

【解析】语出《尚书》，见前注。近年来以吉林大学土默热为代表的学者开创了新一派红学，认为《红楼梦》的作者是写下《长生殿》的杭州人洪昇，大观园的原型是杭州的西溪湿地，故事则取材于洪氏家族和蕉园诗社的真实生活；虽然该观点在学界还有争议，但让西溪湿地有了更美好的想象空间。《有凤来仪》是《红楼梦》中贾宝玉所作的一首五言律诗，也是土默热等学者所认为的以西溪山庄为原型的潇湘馆的别名，因此该匾额可能取自《红楼梦》之典。

匾额三：翰逸神化

（刘彦湖书）

【解析】应为"翰逸神飞"，语出唐代孙过庭《书谱序》，指笔致飘逸，神韵飞扬。

匾额四：捻花书屋

（柳河书）

【解析】捻花：同"拈花"。拈花微笑，佛家语，形容彻悟禅理。此以之名书屋，意指读书时欣然有得。

楹联二：

一湾水色溶山色；
满阁花香和墨香。

（王敬撰，周峰书）

【解析】上联写书屋外，山色倒映在一湾溪流中，与水色融为一体；下联写在书屋内读书写字，故满室墨香，与花香融合。

73

匾额五：独醒斋

（鲍贤伦书）

【解析】独醒：唯独我清醒，比喻自己不同流俗，出自《楚辞·渔父》："屈原曰：'举世皆浊我独清，众人皆醉我独醒，是以见放！'"

楹联三：

众鸟未喧晨读易；
百花已睡夜敲诗。

（霍松林撰书）

【解析】众鸟未喧：指早晨鸟儿还未鸣叫喧闹。读易：读《易经》。百花已睡：形容夜深静谧。敲诗：推敲诗句。

匾额六：崇德尚贤

（旭宇书）

【解析】此匾额意为尊崇有德行的人、重视贤能的人。

匾额七：啸月

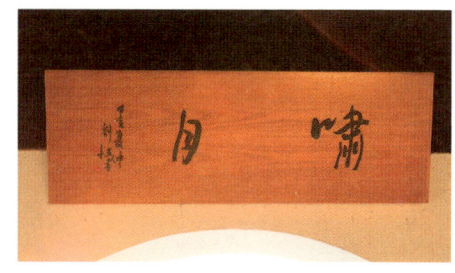

（刘恒书）

【解析】啸：啸歌（吟咏）。清代洪昇有《啸月楼集》。

楹联四：

左氏传本末，方称盛事；
南书房供奉，不过虚名。

（季旭升撰，徐银森书）

【解析】左氏传本末：高士

奇在章冲所著《春秋左传是类始末》的基础上，广泛参考了《公羊传》《国语》《史记》等史经和先秦两汉有关典籍的记载，按春秋时期各列国顺序排列，将每国的重大历史事件标目成篇，凡增补的史实称"补逸"，附录了不同说法的称"考异"，对失实的记载，纠正后称"辩误"，对有史实可依的称"考证"，作者自己的意见称"发明"，且每卷末以"臣士奇曰"的形式，附一篇作者的史事评论，可读性非常强。《四库全书总目提要·史部五》评价道："士奇则大事必书，而略于其细。部居州次，端绪可寻。与冲书相较，虽谓之后来居上可也。"南书房供奉：清代皇帝的内廷文学侍臣。康熙十六年（1677），高士奇等人经康熙钦定成为首批入值南书房的汉族官员，即便后来因政治斗争受参劾而解任，康熙依然允他入值南书房管理修书事务，只是随着年岁增

长，高士奇对官场上的尔虞我诈逐渐厌倦，多次以母老而谢任。

匾额八：清风峻节

（韩祖耀书）

【解析】清正的风格，高峻的气节。唐代韩愈《朝奉大夫尚书度支郎中充天章阁待制王公行状》："公雍容侍从之列，以清风峻节，为一时所畏。"

匾额九：曳霞轩

（羊晓君书）

【解析】曳：拉，牵引。霞：日出或日落时天空云层因受日光斜射而呈现的光彩，即彩霞。此匾额以一"曳"字描绘出小屋被彩霞围绕、仿佛一伸手就可以扯下一片彩霞的场景。

楹联五：

劲节凉云，时临洁地观修竹；
朝晖暮霭，闲倚芸窗曳彩霞。

（林从龙撰，修缘书）

【解析】劲节：竹木枝干分杈处因质地坚实而称劲节。唐代柳宗元《植灵寿木》诗："柔条乍反植，劲节常对生。"凉云：阴凉的云。南朝齐谢朓《七夕赋》："朱光既夕，凉云始浮。"洁：纯洁。修竹：长长的竹子。朝晖：早晨的阳光。暮霭：黄昏时的云霞与雾气。芸窗：书斋的别称。

高庄·桐荫堂

匾额一：桐荫堂（正面）

（蔡云超书）

【解析】桐荫：桐树下阴凉之处。即该建筑位于梧桐树下的阴凉之处。

楹联一：

竹影摇风鸣翠笛；
桐阴漏日见金鳞。

（魏君杭撰，
朱永灵书）

【解析】竹影：竹子的影子。摇风：风吹摆动。南朝梁沈约《咏新荷》："微根才出浪，短干未摇风。"鸣：发出声音。翠笛：翠绿的笛子，比喻翠竹。桐阴：梧桐荫处。漏日：指叶缝间洒

下的日光。金鳞：以金色的鱼鳞比喻闪烁于水面的细碎日光。元代郭钰《赋清溪》诗："半篙晴日荡金鳞，一带秋烟溜寒玉。"

匾额二：桐荫堂

（胡小罕撰）

【解析】桐荫：梧桐树下阴凉之处。

楹联二：

旧燕重归春有信；
落花未扫草含香。

（莼如、正越撰，夏有祥书）

【解析】上联谓去年的燕子重新归来了，带来了春天的信息；下联谓落花化入春泥，使草也含着芳香。

匾额三：临流草堂

（宋涛书）

【解析】水边的草堂。旧时文人常以"草堂"名其所居，以标风操之高雅。

匾额四：兰秀菊芳

（刘枫书）

【解析】兰花秀丽，菊花芬芳。语出汉武帝《秋风辞》："兰有秀兮菊有芳，怀佳人兮不能忘。"

匾额五：穆如清风

（马世晓书）

【解析】指和美如清风化养万物。《诗经·大雅·烝民》："吉甫作诵，穆如清风。"

高庄·蕉园

匾额一：蕉园

（潘美华书）

【解析】取"蕉园诗社"之典。

楹联一：

在河之洲，佩玉之傩；
归妹以娣，执爵以兴。

（钱伟强撰，季琳书）

【解析】在河之洲：出自《诗经·周南·关雎》"关关雎鸠，在河之洲。窈窕淑女，君子好述"，借所引句之下二句，指蕉园才女们都是窈窕淑女。佩玉之傩：出自《诗经·卫风·竹竿》"巧笑之瑳，佩玉之傩"一句，形容妇女佩玉行走，姿态婀娜。归妹以娣：出自《易经》归妹卦"初九：归妹以娣，跛能履，征吉"一句，该卦原本是反映我国古老的媵制婚姻即陪嫁制度，其中女子随嫁予一个男人称"娣"，妯娌中的弟妻也可称"娣"，在此联中可能指蕉园诗社成员之间既有女儿、媳妇，也有妯娌、姐妹的家庭关系。执爵以兴：出自《仪礼·有司》"主人坐奠爵，拜，执爵以兴，宾答拜"一句，指执拿着酒爵起立，可形容兴致高昂的样子。指蕉园诗社的成员时常一起举杯饮酒作诗。

匾额二：凝香室

（赵征宇书）

【解析】此室名取自"蕉园诗社"成员之一、原柴庄（蕉园）主人柴云倩女儿柴静仪的《凝香室诗钞》。

楹联二：

千载梅香凝月；

四时莺语留人。

（张志玉撰，吴莹书）

【解析】千载：千年，形容岁月长久。梅香：梅花的香气，柴云倩在柴庄附近种有梅竹数亩，还作有《梅花绝句》，此指蕉园在梅花深处，也可形容女子身上所凝聚的芳香。凝月：形容梅香与月色相凝。四时：指四季，也形容岁月长久。莺语留人：形容莺声如语，美意留人。

匾额三：清雅

（朱玲倩书）

【解析】即清静幽雅、清高拔俗。《三国志·魏志·徐宣传》："尚书徐宣，体忠厚之行，秉直亮之性，清雅特立，不拘世俗。"

匾额四：瑶华斋

（张奕书）

【解析】瑶华：玉白色的花，比喻诗文的珍美。唐代储光羲《酬李处士山中见赠》："引领迟芳信，果枉瑶华篇。"

楹联三：

瑶圃梦蕉，无觅闺中秀质；
华斋咏絮，长怀林下清风。

（钱明锵撰，郎涤阳书）

【解析】瑶圃：产玉的园圃，指仙境。《楚辞·九章·涉江》："驾青虬兮骖白螭，吾与重华游兮瑶之圃。"梦蕉：取典于《列子·周穆王》中"蕉鹿梦"的故事。《列子·周穆王》记载，郑国有位樵夫在野外打死一只受惊吓的鹿并藏到干枯的池塘中，用蕉（叶）覆盖，但不久就忘了藏鹿的地方，还以为这是一场梦，一边走嘴里还叨唠这事，路人听到后依着话找到了死鹿。樵夫回到家后，晚上梦到了藏鹿的地方，又梦到拿他鹿的人，于是又依着梦去找，两人争执不下，闹到士师那里，士师说："若初真得鹿，妄谓之梦；真梦得鹿，妄谓之实。"后多用"梦蕉"比喻人生有如变幻莫测的梦境。无觅：无处寻觅。闺中：特指女子所住的地方。南朝梁江淹《别赋》："闺中风暖，陌上草薰。"秀质：美质。南朝梁沈约《郊居赋》："无希骥之秀质，乏如珪之令望。"华斋：瑶华斋。咏絮：东晋才女谢道韫以"未若柳絮因风起"句咏雪（《晋书·王凝之妻谢氏传》），后以此称扬才女。长怀：永远怀想。林下清风：同"林下风气"，语出《世说新语笺疏》，用于称颂女性闲雅飘逸的风致。

匾额五：笔砚留香

（沈颖丽书）

【解析】此为瑶华斋中堂之匾，指斋中还留着翰墨的气息、文雅的情韵。

匾额六：卧月轩

（石君一书）

【解析】此匾额取典于顾若璞的《卧月轩稿》，卧月轩是其丈夫的书斋名。顾若璞，生于明万历二十年（1592），卒于清康熙二十年（1681），字和知，钱塘县人。顾若璞在明清之际的闺秀诗坛声誉甚隆，在顾若璞的积极鼓励和指导下，家族闺秀创作绵延数代，并产生了由顾之琼发起，钱凤纶、林以宁作为骨干成员的蕉园诗社。

楹联四：

未必清风识旧我；
漫因明月忆前生。

（李强撰，吴新如书）

【解析】旧我：指过去的我。明月前生：当为"明月前身"，语出唐代司空图《二十四诗品》，清代金农《画梅》诗也有"清到十分寒满地，始知明月是前身"之句。此以形容蕉园闺秀气质之高洁。

楹联五：

四壁梦生赤墀色；
一溪诗涨白云声。

（秦鸿撰，陈纬书）

【解析】赤墀色：皇宫中的台阶以赤色丹漆涂饰。白云：比喻归隐。上联暗指高庄主人虽是退隐，梦中还有宫廷之想，四壁呈现宫阶之赤色。下联回到退隐之情境，西溪水涨时发出的声音，却是诗中隐者的心声。

匾额七：嗣音楼

（陈进书）

【解析】嗣音：继承前人的事业，如响应声。清代陈鳣《对策》："唐宋元明，各有沿袭；班扬张左，孰可嗣音？"

楹联六：

襟抱不输山磊落；
行藏肯较月从容。

（李强撰，方志恩书）

【解析】襟抱：襟怀抱负。行藏：行动、踪迹。《论语·述而》："用之则行，舍之则藏。"

匾额八：兰薰桂馥

（章建明书）

【解析】薰、馥：都指香气浓郁，久久不散。兰薰桂馥比喻世德流芳，历久不衰。

楹联七：

劲节经风，启竹窗揽翠；
虚怀若谷，有高士称奇。

（梁东撰，杨西湖书）

【解析】劲节：以竹节坚劲，形容坚贞的节操。启：打开。揽翠：揽入竹林之翠绿。虚怀若

谷：谦虚的胸怀像深广的山谷。有高士称奇：嵌入高士奇的姓名。

匾额九：亦政堂

（王生良书）

【解析】此嗣音楼二层中堂之匾，亦政，谓高士奇也曾经在南书房参与治理国政。

匾额十：高墒

（朱昆明书）

【解析】墒：耕地时开出的垄沟。此匾额位于嗣音楼二层中堂背面，指高士奇归隐西溪后在园中分畦种菜的往事。

楹联八：

积细善如累危卵；
治大国若烹小鲜。

（陈炎撰，杨敏胜书）

【解析】此联蕴含着做人与治国的道理。上联谓在平日里要像堆一个个容易打碎的蛋一样小心行事，做好每一件小事；下联语出《道德经》，谓治理大国就像烹调美味的小鱼一样，不能操之过急，

也不能松弛懈怠。

匾额十一：凤箫阁

（戴小京书）

【解析】此阁名与弄玉跨凤吹箫之典有关。弄玉为秦穆公之女，喜吹箫，后与萧史结为夫妻，萧史也善吹箫。有一夜，两人在月下吹箫，引来紫凤和赤龙，于是萧史乘龙，弄玉跨凤，双双腾空而去。此阁在蕉园入门处，故以匾名形容蕉园才女如跨凤吹箫之仙女。

楹联九：

累世簪缨，光腾圭璧；
一门英彦，业敬桑禾。

（余荩撰，戴家妙书）

【解析】累世：接连几代。《荀子·荣辱》："又欲夫余财蓄积之富也，然而穷年累世不知不足，是人之情也。"簪缨：古代达官贵人的冠饰，后借以指高官

显宦。《南史·王弘传》："其所以簪缨不替，岂徒然也？"圭璧：贵重的玉器。《诗经·大雅·云汉》："圭璧既卒，宁莫我听。"一门：一个家族。英彦：才智卓越的人。东晋袁宏《后汉纪·光武帝纪二》："愿陛下更选英彦，以充廊庙。"业：重大的成就。敬：敬意、敬终。桑禾：桑果和谷子，可泛指乡里。

匾额十二：凤鸣朝阳

（李生祥书）

【解析】凤凰在早晨的阳光中鸣叫。比喻有高才的人得到发挥的机会。《诗经·大雅·卷阿》："凤凰鸣矣，于彼高冈。梧桐生

矣，于彼朝阳。"

楹联十：

寤宿寤言，止矣楚狂之凤；
曰歌曰捭，念哉舜命于夔。

（钱之江撰，王克书）

【解析】寤宿寤言：醒而卧、醒后说话，可形容因有心事而半梦半醒或辗转反侧，醒后便难以入眠的样子。楚狂之凤：出典于《论语·微子》："楚狂接舆歌而过孔子曰：'凤兮凤兮，何德之衰！'"下联出

典于《史记·夏本纪》。曰歌曰捭：曲合乐曰歌，捭则取捍卫之意，即合着音乐唱有关捍卫国土的歌。舜命于夔：《史记·夏本纪》记载中舜在任时开诚议政、统一律法、知人善任、选用贤能、治水安民、注重道德教化，因而当时的国家乐官"夔"奏起音乐，舜帝应和着唱起："《箫韶》九成，凤凰来仪，百兽率舞，百官信谐。"

高庄·高庄景观

匾额一：宸览亭

【解析】宸者，北极星所在，后喻帝王所居，又引申为王位、帝王。这里的"宸览"，暗指康熙皇帝曾御驾亲临，在此处观览风景。据《西湖志纂·西溪纪胜》载，康熙二十八年（1698）二月十日，康熙南巡至西溪，由昭庆寺乘马至木桥头登舟，从骑俱止于桥外，独与高士奇泛小舟至西溪山庄观览久之，并留下《西溪》五言律诗一首。高士奇有意将诗章伐石恭镌，皇上未许，因此复将皇上驻跸之亭取名"宸览"。

楹联一：

翠辇曾停，红莲依旧；
宸游不再，斯事难逢。

（魏伯云撰，夏有良书）

【解析】翠辇：饰有翠羽的

帝王车驾。《北史·突厥传》："启人奉觞上寿，跪伏甚恭。帝大悦，赋诗曰：'鹿塞鸿旗驻，龙庭翠辇回。'"曾停：谓康熙皇帝的座驾曾到此停留观览。红莲依旧：谓宸览亭四周的西溪美景依然。下联指皇帝到此游览之事不再有了。

匾额二：放鹇亭

（王晓斌书）

【解析】亭名取自唐代诗人雍陶表达思乡情感的诗句："秋来见月多归思，自起开笼放白鹇。"

匾额三：云心阁

（李文采书）

【解析】云心：形容闲散如云的心情。唐代白居易《初夏闲吟兼呈韦宾客》："雪鬓随身老，云心著处安。"

楹联二：

移云亭上住；
掬月水中留。

（蔡云超撰，金鉴才书）

【解析】上联谓亭高入云，好似漂移的云也在亭上静止了，下联谓想双手掬起水中月亮的倒影，月亮却还停留在水中。

匾额四：桧楫亭

（朱大焱书）

【解析】桧楫：桧木作的船桨，借指舟船。《诗经·卫风·竹竿》："淇水浟浟，桧楫松舟。"此匾额指康熙皇帝承舟亲临高庄的事迹。

楹联三：

室雅曾迎龙驻跸；
书香长引凤来仪。

（欧阳鹤撰，王义骅书）

【解析】室雅：居室高雅。驻跸：帝王出行，途中停留暂住。《北史·周宣帝本纪》："一昨驻跸金墉，备尝游览。"书香：书册的香气，亦指读书的家风。来仪：比喻杰出人物的降临。《尚书·益稷》：

"《箫韶》九成，凤凰来仪。"

匾额五：一枝巢

（吴杭生书）

【解析】一枝：《庄子·逍遥游》："鹪鹩巢于深林，不过一枝。"西晋张华《鹪鹩赋》："其居易容，其求易给，巢林不过一枝，每食不过数粒。"后用以比喻栖身之地。巢：巢穴。高士奇晚年因朝堂争斗而被休致回籍，回到杭州后他终日隐迹藏身，对官场上的尔虞我诈有倦怠之情，闲暇时便在园中修植竹树，分畦种菜。一枝巢建筑位于高庄一片树林中，匾额寄托了高士奇晚年的归隐心态。

楹联四：

庐结一枝安晚景；
御题二字泽名园。

（蒋有泉撰，圆通书）

【解析】一枝：见上注。御题二字：指康熙所题"竹窗"。

泽：恩泽。名园：指高庄。

匾额六：覆瓮亭

（王伟平书）

【解析】覆瓮，喻著作无价值或不受重视，只好用来盖瓮。《晋书·左思传》："（陆机）与弟云书曰：'此间有伧父（左思），欲作《三都赋》，须其成，当以覆酒瓮耳。'"此亦含高士奇自我调侃之意。

匾额七：藕香居

（王波书）

【解析】藕香：藕花香。

蕉园琴韵

　　蕉园诗社是清代也是历史上第一个确立名号、正式订交结社、有明确诗社启事和较规律、较频繁唱和雅集，成员关系密切，持续时间较长，名声传世的女性诗社。诗社始创于康熙四年（1665），由顾玉蕊发其端绪，组织诸闺秀创立，并作《蕉园诗社启》；首事者以"蕉园七子"著称，即顾姒、柴静仪、林以宁、钱凤纶、冯娴、张昊、毛媞七位女子，后期则有徐灿、林以宁、朱柔则、柴静仪、钱凤纶五人以其卓荦的才华号称"蕉园五子"，至徐灿逝世时（1698年以后），诗社依然文脉不断。

　　蕉园琴韵则是为纪念清代杭州女子诗社的故事而重新修建的景点，位于洪园景区内，艺术地再现了这一段女子吟咏的历史事实，建筑中的楹联匾额大都在赞颂女诗人们的诗词成就。

匾额一：关雎第一家

（集赵孟頫、米芾、欧阳询、董其昌字）

【解析】出自《明词汇编》卷一百四十四："三千删就成风雅，先奏关雎第一章。"《关雎》是《诗经·周南》第一篇的篇名，是表现男女情感的诗歌，与蕉园诗社女诗人们常写的闺秀诗相合。

楹联一：

暇日琴书都涉猎；
少年裙屐自风流。

（清代洪昇句，张耕源书）

【解析】暇日：闲暇的时日。琴书：弹琴和写作。涉猎：有所探究。少年裙屐：聚在一起的少年们都身穿裙衣，足登木屐。风流：此指风度倜傥。

匾额二：闺闼雕龙

（集《说文解字》、邓石如字）

【解析】出自清代江珠《青藜阁诗文》。闺闼：妇女所居内室的门户，即闺阁。《乐府诗集·杂曲歌辞二·伤歌行》："微风吹闺闼，罗帷自飘扬。"雕龙：雕镂龙纹，比喻善于修饰文辞或刻意雕琢文字。语出《史记·孟子荀卿列传》。南朝梁刘勰著有《文心雕龙》一书。此处是以"雕龙"称许蕉园才女们优美的文字。

楹联二：

执骚坛之牛耳；
传彩笔于蛾眉。

（清代恽珠句，张森书）

【解析】出自清代恽珠《国朝闺秀正始集》卷四《林以宁小传》。骚坛：诗坛。明代徐复祚《投梭记·折齿》："他风流名士压骚坛，乌鬼宁同仙鹤班。"执牛耳：古代歃血为盟，盟主亲手割牛耳取血，所以用"执牛耳"指盟主，后泛指居于领导地位的人。《左传·哀公十七年》："诸侯盟，谁执牛耳？"传彩笔：典出《南史·江淹传》。《南史·江淹传》："又尝宿于冶亭，梦一丈夫自称郭璞，谓淹曰：'吾有笔在卿处多年，可以见还。'淹乃探怀中得五色笔一以授之。尔后为诗绝无美句，时人谓之才尽。"后遂以"彩笔"称五色笔，指词藻富丽的文笔。蛾眉：蚕蛾触须细长而弯

曲，因以比喻女子美丽的眉毛，后为女子的代称。此联是称颂才女林以宁组织了蕉园诗社。

楹联三：

接瑶席而论文，宛似神仙之
　　侣；
树吟坛而劲敌，居然娘子之
　　军。

　　　　（清代江珠句，孙稼阜书）

【解析】出自清代江珠《青藜阁诗文》。接瑶席：瑶席是供坐卧之用的席子的美称，接瑶席意为坐席相接。论文：谈论诗文。宛似神仙之侣：好像一群仙人。吟坛：诗坛。唐代牟融《过蠡湖》诗："几度篝帘相对处，无边诗思到吟坛。"树劲敌：树立强劲的敌人。居然娘子之军：居然是一群娘子军。《旧唐书·平阳公主传》载唐高祖第三女平阳公主嫁柴绍，并在长安。高祖将起义兵，遣使密召之。绍间行赴太原。公主乃归鄠县庄所，散家资，招引山中亡命，起兵以应高祖，营中号曰"娘子军"，后来用来泛称由女子组成的队伍。

匾额三：蕉园琴韵

（集杨岘、桂馥、《孔彪碑》、俞
樾字）

【解析】琴韵：蕉园诗社诗人们的诗中常抒发与琴有关的情韵。

楹联四：

千里相思一轮月；
三年情绪百篇诗。

　　　　（清代林以宁句，言恭达书）

【解析】出自蕉园诗社诗人林以宁《有人将至京师作书寄石臣》诗。此联意为将千里相思与三年情绪都寄托于一轮明月与二人共作的百篇诗章。

楹联五：

霜管花生艳；
云笺玉不如。

　　　　（清代洪昇句，李强书）

【解析】出自清代洪昇《啸月楼集》之《寄妹》诗。霜管：毛笔的美称，借指诗文。花生艳：化用于妙笔生花，比喻杰出的写作才能。云笺：如云般洁白的笺纸，借指文章。玉不如：为玉所不如，意为文章胜过玉石之美。

匾额四：裙笄绣虎

（集赵孟頫、褚遂良、
王蒙字）

【解析】出自清代江珠《青藜阁诗文》。裙笄：女子的衣着首饰，笄即发簪。绣虎：绣谓其词华隽美，虎谓其才气雄杰，后以"绣虎"称擅长诗文、词藻华丽者。《类说》卷四引《玉箱杂记》："曹植七步成章，号绣虎。"此谓蕉园才女是女中之曹植。

楹联六：

倒峡奇才，霞翻五色；
摩空彩笔，格竞连珠。

（清代江珠句，卢乐群书）

【解析】出自清代江珠《青藜阁诗文》。倒峡奇才：比喻文章气势磅礴。清代李渔《闲情偶寄·词曲部·结构》："凡作传世之文者，必先有可以传世之心，而后鬼神效灵，予以生花之笔，撰为倒峡之词，使人人赞美，百世流芬。"霞翻五色：五彩霞光，比喻不同凡俗的飘逸才思。摩空彩笔：

文笔词藻富丽而有凌空的才气。格竞连珠：以每一句结尾的语词作为下一句的开头的一种文体，辞句连续、互相发明，历历如贯珠，故谓"连珠"。

梅竹山庄

　　梅竹山庄是清代文人章次白所建，原址依山临水，幽邃清旷，茅屋堂中四壁挂满名人字画，篱墙园内多古梅修竹，可谓"梅香细绕舍，竹翠低映亭"，远处青山翠岭，门前鸥鹭戏水，占尽河渚山水风光。

　　章黼，字次白，清钱塘人，好读书，喜字画，善交友，平日住在城中，闲暇之时邀约诗画朋友在此饮酒酬唱作画。"西泠八家"中的金石书画家奚冈曾为章次白作《梅竹山庄图解》，陈鸿寿亦有书画相应酬。梅竹山庄虽是章次白的私人别业，也是当年文人墨客有名的雅集场所。

　　如今的梅竹山庄是西溪综保二期工程所修复的，临水而建数幢仿古民居，与小院连接，河岸梅竹成片。主要有梅竹吾庐、萱晖堂、虚阁三个主体建筑。

匾额一：梅竹山庄

（清代章黼撰，集清代
陈鸿寿字）

【解析】梅竹山庄是章黼（次白）在西溪湿地的别业，庄内多古梅修竹，以"梅竹"命名可见章黼的志向与品性。章黼还有《梅竹山房诗钤》等著作存世。

楹联一：

梅香细绕舍；
竹翠低映亭。

（清代章黼撰）

【解析】此联是章黼为自己的别业梅竹山庄所撰联。梅香细细，环绕屋舍，竹子的翠绿低映亭子。

楹联二：

惟求小筑竹飞翠；
偏爱名园梅著花。

（王企敖撰）

【解析】小筑：规模较小而雅致的住宅，多筑于幽静之处。南宋陆游《小筑》诗："小筑清溪尾，萧森万竹蟠。"竹飞翠：竹子呈现翠绿的颜色。名园：有名的庭园。梅著花：梅树开花。唐代王维《杂诗三首》（其二）："来日绮窗前，寒梅著花未？"

匾额二：萱晖堂

（马世晓书）

【解析】这是今梅竹山庄三个主体建筑之一。萱：萱草，古人以喻指母亲，故称母亲居室为萱堂。晖：春晖。古人以"春晖"（春天的太阳）形容温暖的母爱。唐代孟郊《游子吟》："谁言寸草心，报得三春晖。"堂名"萱晖"，意含母爱，表达对慈母之感恩与思念。

楹联三：

风动竹窗筛月影；
香凝梅屋漾诗魂。

（钱明锵撰，吕迈书）

【解析】此联意为：晚风吹动着竹窗，竹窗如筛子一般若隐若现地将月影映出；梅花的香气仿佛凝结在小屋中，荡漾着诗的风韵。月影：月光。南宋陆游《霜月》诗："枯草霜花白，寒窗月影新。"诗魂：诗人的风神。

匾额三：梅竹吾庐

（清代奚冈撰，林锴书）

【解析】这是今梅竹山庄三个主体建筑之一。章黼曾请画家奚冈绘《西溪梅竹山庄图》，奚冈还题"梅竹吾庐"四字为赠，章黼有《安伯以奚铁生先生所书"梅竹吾庐"四字额见赠诗以酬之》之作。

楹联四：

客来野舍惟清酒；
雨过遥峰又夕阳。

（清代章黼撰，
周友生书）

【解析】野舍：村野房舍。北宋沈辽《德相所示论书聊复戏酬》诗："野舍老余生，雅尚今已惬。"清酒：清醇的酒，美酒。此联意为客人来到我这村野房舍中我也没有什么好招待的，唯有清醇的美酒和远山雨过后的一轮夕阳罢了。

匾额四：虚阁

（李文采撰书）

【解析】这是如今梅竹山庄三个主体建筑之一。

楹联五：

溪漾轻舠，昼邀
　竹影夜邀月；
韵催白雪，秋着
　芦花冬着梅。

　　　　（徐弘道撰书）

【解析】轻舠：轻快的小舟。白雪：喻指高雅的诗词，也代指自然界时序的实物，如秋天的芦花、冬日的白梅，催着诗人作诗，作阳春白雪之韵。

匾额五：浮亭

　　　　（钱明锵书）

【解析】这也是原梅竹山庄中小亭的名字。章黼《梅竹山房牡

丹初开约同人出游作此代简》有"借月张华灯，浮亭虚瑶席"之句。

楹联六：

虚竹幽兰生静气；
和风畅日禊天怀。

　　（集王羲之《兰亭集序》字）

【解析】联意为清雅的竹子和幽静的兰花催生宁静的心气，和煦的清风与畅朗的日光正与发自天性的心怀相投。静气：宁静之气。清代翁同龢联："每临大事有静气；不信今时无古贤。"天怀：发自天性的心怀。东晋袁宏《三国名臣序赞》："岂非天怀发中，而名教束物者乎？"

西溪草堂

　　西溪草堂是西溪颇为知名的别业，主人为冯梦祯，其人于万历丁丑会试第一，以进士授翰林院编修，素以文章气节受人称赞，官至南京国子监祭酒。冯氏一生好学，博通经史，尤喜释氏之学，曾游名山大刹。他积极支持紫柏大师刊刻佛经《大藏经》，家藏王羲之的《快雪时晴帖》。冯梦祯晚年居孤山，因慕西溪山水幽胜，便在安乐山永兴寺侧置地筑山堂别业，名曰"西溪草堂"。冯氏后人数代操持，草堂名声远播，许多文人雅士出入其间。

　　如今的西溪草堂是西溪湿地综保工程一期所修复的，有"快雪堂"和"求真斋"两幢明式古建筑。

匾额一：西溪草堂

（邵华泽书）

【解析】冯梦祯晚年居孤山，因慕西溪山水幽胜，便在安乐山永兴寺侧置地筑山堂别业，名"西溪草堂"。清代恽格《南田画跋》记载："西溪草堂，盖周太史归隐处也。群峰奔会，带以蒲溪茭芦。激波柸柳，夹岸散碧连翠。水烟忽生，渔网相错。予曾从太史击楫而弄澄明，纵观鱼鸟，有濠梁之乐。"

匾额二：快雪堂

（集王羲之字）

【解析】冯梦祯因家藏王羲之《快雪时晴帖》名其堂曰"快雪"，并著有《快雪堂集》六十四卷。《快雪堂集》卷二十八《结庐孤山记》记载了快雪堂的来由："某日时，积雪初晴，命之曰快雪堂，取晋帖快雪时晴语。"

楹联一：

秋雪蒹葭，春风杨柳；
幽花远坞，淡月前滩。

（王翼奇撰，王冬龄书）

【解析】秋雪：芦花秋天盛开，其色雪白，故被形容为"秋雪"。西溪有秋雪庵。蒹葭：荻草与芦苇。《诗经·秦风·蒹葭》："蒹葭苍苍，白露为霜。"坞：西溪沿山十八里中的景点"花坞"。其境幽远静美，花竹怡人。此联整体形容 西溪春秋季早晚的特色美景：杨柳在春风中摇曳，芦花在秋风中飘散，幽静的花坞，溪中的浅滩披着淡淡的月色。

楹联二：

烟水一泓梅乍
　　放；
荻花四面鹤频
　　来。

（吴亚卿撰，骆恒光
　　　　　　书）

【解析】烟水：
雾霭迷蒙的水面。一
泓：指清水一道或一
片。梅乍放：梅花刚
刚开放。鹤频来：白鹤常常来到，
形容意境之美。

匾额三：真实斋

（刘征书）

【解析】冯梦祯，号真实居
士。此处以冯的字号命名场馆以表
纪念之意。

楹联三：

启户群峰入；
推窗一镜悬。

（明代冯梦祯撰，
　　　　郭仲选书）

【解析】出
自冯梦祯《快雪
堂集》卷六十四：
"结宇孤山半，危
楼百尺连。嘉名标
快雪，胜集指新
年。启户群峰入，推窗一镜悬。春
深添水榭，更觉弄波便。"一镜
悬：形容一轮满月高悬。

匾额四：绮云馆

（蔡云超书）

【解析】绮云：美丽如绮的
彩云，形容风景之美，也象征祥
瑞。

泊庵

　　泊庵在秋雪庵南面，芦荻丛中，是明代邹孝直的庄园，周围有众多文人的庄园别业，庄园似仙岛泊于水上，故名泊庵。又门对高峰，阶水临岸，草荡芦花，桐阴桂影，秋雪满天，湖波泛影，最是清幽寂静。

　　如今的泊庵临水而建，岸边为近代民居，内有茅屋，可垂钓休闲。

匾额一：泊庵

（集刘墉字）

【解析】见上。

匾额二：泊庵

（孙轶青书）

【解析】同匾额一。

楹联一：

客渚含兰思；
寒灯照雨声。

（明代董其昌撰，夏有良书）

【解析】此联是董其昌为避居西溪的隐士邹孝直的"河渚草

堂"所写的对联。客渚：犹"孤渚"。渚，水中小块陆地。兰思：芬芳之情思。寒灯照雨声："寒灯"营造了孤寂的氛围，"雨声"平添愁苦，"照"字则把视觉与听觉融合。

匾额三：自在堂

（金鉴才书）

【解析】自在是佛教中的一种境界，指心离烦恼的系缚，通达无碍。堂名与冯梦祯佛教居士的身份相合。

匾额四：拈花舫

（夏有良书）

【解析】拈花：典出佛经，佛祖拈花，迦叶会心微笑。

匾额五：钓读亭

（杨西湖书）

【解析】钓读：垂钓与读书。

楹联二：

芦白柿红，扁舟坐爱秋溪
　　晚；
桐阴桂影，长夜但看山月
　　斜。

（王企敉撰）

【解析】芦白柿红：指"西溪十景"中的秋芦飞雪和火柿映波。扁舟坐爱秋溪晚：化用于唐代

杜牧名句"停车坐爱枫林晚"，意为乘坐一叶扁舟是因为秋天西溪景色之美，傍晚夕照下芦白柿红互相辉映更是格外美丽，令人流连忘返。桐阴桂影：桐树与桂花的阴影。长夜但看山月斜：长夜中静静看着山月升起、落月斜下，显得桐树与桂花的倒影更加清晰。

匾额六：空明轩

（鲍贤伦书）

【解析】空明是佛教中的一种境界，与冯梦祯佛教居士的身份相合。

西溪水阁

　　西溪水阁是文人藏书、读书及会友之地，有"蓝溪书屋"和"拥书楼"两栋藏书楼。

匾额一：西溪水阁

（赵雁君书）

匾额二：拥书楼

（王学仲书）

【解析】拥书：持书，亦指藏书，聚书。东汉蔡邕《杨复碑》："文学之徒，拥书抱籍，自远而至，禀采丰华。"

匾额三：蓝溪书屋

（陈进书）

【解析】藏书楼名。

楹联一：

九曲溪清，画卷长涵千古韵；
三余功在，书城坐拥一方侯。

（熊东遨撰，朱大焱书）

【解析】九曲溪清：指西溪的溪流蜿蜒曲折。画卷：比喻景色如画。长涵千古韵：永远涵蕴着古雅的风韵。三余：南朝宋裴松之《三国志注》："遇言：'（读书）当以三余。'或问三余之意。遇言：'冬者岁之余，夜者日之余，阴雨者时之余也。'"后以"三余"泛指空闲时间。书城坐拥一方侯：指藏书极为丰富，胜似拥有一方城池的诸侯。

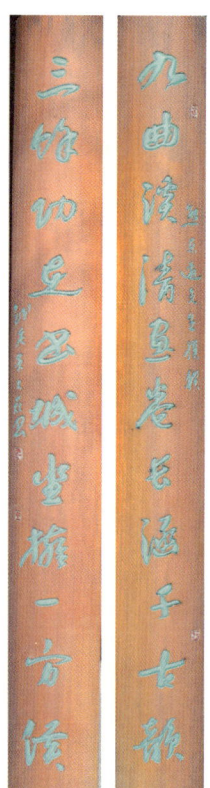

匾额四：群玉府

（陈振濂书）

【解析】群玉：《穆天子传》卷二："天子北征，东还，乃循黑水，癸巳，至于群玉之山……先王之所谓策府。"郭璞注："言往古帝王以为藏书册之府，所谓藏之名山者也。"本为传说中古帝王藏书册处，后用以称帝王珍藏图籍书画之所。此处指古代珍贵图书典籍的存放之所。

楹联二：

文事兴怀，书声绕耳；
缥缃有梦，诗赋多情。

（尚佐文撰，宋涛书）

【解析】文事：文章之事。兴怀：引起感触。东晋王羲之《兰亭集序》："俯仰之间，已为陈迹，犹不能不以之兴怀。"缥缃：指书卷。缥是淡青色，缃是浅黄色，古时常用淡青、浅黄色的丝帛

作书囊书衣，因以指代书卷。此联赞颂西溪水阁自古是文人墨客在西溪隐居藏书之地，因而有文事、书声、书卷、诗赋。

西溪梅墅

　　西溪梅墅原为明代曲水庵的"曲水八咏"中的一景，其诗为释大善所作："孤山狼籍时，此地香未已。花开十万家，一半傍流水。"《南漳子》所述："秋雪庵八景，巧立嘉名，初无实谛，故今无踪可寻，而曲水八景都是广远宏丽，至今犹存，山水可证，广而言之，直可称西溪八景。"在西溪湿地综保一期工程中，在此地植梅岭，内为茶室，可从室内向外观赏梅花，别有一番意境。

匾额一：西溪梅墅

（刘艺书）

【解析】其周围梅花成林，浑然朴野，是西溪主要赏梅区之一，故名。

楹联一：

岭上疑堆千树雪；
江南聊赠一枝春。

（林从龙撰，钟家佐书）

【解析】千树雪：形容千树梅花盛开如雪。聊赠一枝春：语出南北朝陆凯《赠范晔》诗："折花逢驿使，寄与陇头人。江南无所有，聊赠一枝春。"

匾额二：香雪屋

（张耕源书）

【解析】香雪：指梅花。清代陆次云《湖壖杂记》："湖墅有三胜地……西溪之梅名曰香雪。"

匾额三：揽春亭

（刘江书）

【解析】揽春：拥抱春天，赏览春天的景色。

楹联二：

欲折芳枝传驿
　　使；
且依倩影梦罗
　　浮。

（卢前撰书）

【解析】驿
使：传递公文、书信
的人。罗浮：山名。
在广东省东江北岸。
相传隋赵师雄在此梦
遇梅花仙女，后多为
咏梅典实。

佛教相关庵祠

秋雪庵
曲水庵
交芦庵
观音精舍

秋雪庵

秋雪庵始建于南宋淳熙初年，初名大圣庵（见《武林旧事》）。淳熙七年（1180），宋潼军节度使为资寿岩禅师改建为"资寿院"（见《咸淳临安志》）。明末陈继儒取唐人"秋雪蒙钓船"诗意，题名"秋雪"。这里不仅景色幽致，更是杭州乃至浙江的一处人文圣地，"高人逸士往往吟啸其间"。但其地偏僻，几度兴废，"胜迹不常，湖山久寂"。清道光和咸丰年间，庵圮，葺平屋数间。光宣间，庵仅四楹。中三间，供佛像。右一间，堆柴草。左二间，为僧寮。又左为香积厨。清代末年，南浔巨商周庆云不愿秋雪庵仍归孤寂，而有踵事增华之想。周庆云雅好词道，从住持明圆手中购得庵址后，因念"吾浙自南宋以还，词家辈出，大雅鳞萃"，"每当秋芦作花，雪压篷背，词境清绝，灵风飒然，素云黄鹤，恍惚遇之"，本着"维桑与梓，必恭敬止"的态度，重建大殿，面南三楹，殿前六楹。左为圆修堂，右为报本堂，山门则东向为弥勒龛殿，北向为僧寮，左为香积厨，在秋雪庵内增筑房屋三楹，为"两浙词人祠堂"，奉祀唐张志和以下词人1044人，左为历代宦游词人，右为历代流寓祠人；又南飨一龛，祀历代方外词人；北向一龛，祀历代闺媛词人。"自唐讫清，凡两浙词人及方外、闺阁、宦游、流寓，各设总位，供之神龛"，又与同仁约定每年霜降节午刻举行社祭。

如今的秋雪庵是西溪湿地一期综保工程所修复的，建有大殿"灵峰下院"，中奉释迦牟尼佛及阿难、迦叶。两侧为十八罗汉挂像。大殿前左为圆修堂，右为报本堂。大殿后左为两浙词人祠堂，右为弹指楼，后为"溪山最胜"等，内置当代名家手书的重修碑记、楹联、匾额及自唐张志和以来的1044位两浙词人名录等，室内陈设较为完备，每年均有农历霜降后十日的两浙祠人祭祀仪式。为西溪国家湿地公园内极为重要的游览观赏场所之一。

匾额一：秋雪庵

【解析】关于秋雪庵之名，清代吴本泰在《西溪梵隐志》卷二《纪刹》记载："陈征君继儒取唐人'秋雪蒙钓船'之句，题曰'秋雪'。"可知是晚明时期文学家陈继儒结合该庵位于西溪湿地蒹葭深处、秋来芦花胜雪的境况，取"秋雪蒙钓船"的意境为该庵之名。

楹联一：

十里荷风飘磬远；
一溪芦雪入庵深。

（钱明锵撰，
王伯敏书）

【解析】此联意为：荷花的香气和击磬的声音在风中飘荡得很远，沿溪的芦花则像飞雪一样落入位于芦苇深处的庵舍中。

匾额二：灵峰下院

（沈鹏书）

【解析】约1700年前，西天竺僧人慧理将佛教带来杭州，在飞来峰左右连建灵鹫、灵隐、灵山、灵峰等五刹，灵隐寺一直香火炽盛，而灵峰寺却时废时兴。1844年，杭州副都统固庆因特别钟爱灵峰的幽雅，便拨资重修寺院，让他们多栽种梅树并在寺中立石碑《重修西湖北山灵峰寺碑记》，两年后梅树成林，从此灵峰有了"探梅"一说。咸丰十年（1860）、十一年（1861）两年，杭州先后两次被太平军攻破，灵峰的梅花也毁于战火，儒商周庆云决定依山补梅，也在补梅过程中对灵峰寺产生了别样的情感。秋雪庵在清末因为身处孤岛也逐渐荒废没落，周庆云由此募集七千元重建大殿，将其施给灵峰寺，作为"灵峰下院"。

楹联二:

莲座慈云,且藉青灯参妙
　谛;
荻花秋水,暂教赤子息尘
　心。

(吴亚卿撰书)

【解析】莲座:
佛家语,指诸佛的莲
花座位。慈云:佛教
语,比喻慈悲心怀如
云之广被世界众生。
南朝梁简文帝《大法
颂》:"慈云吐泽,
法雨垂凉。"青灯:
光线青荧的油灯,借
指孤寂、清苦的生
活。妙谛:精妙之真
谛,"谛"为佛经
中所指的"真理"。
荻花:多年生草本植
物,生在水边,叶子
长形,似芦苇。秋
水:秋天的溪水。赤子:如同刚出
生的婴儿般纯真无伪、不落窠白。
《道德经》第五十五章:"含德之
厚,比于赤子。"尘心:指凡俗之
心,名利之念。

楹联三:

禅境空灵,溪水常
　如秋水碧;
诗心慧悟,荻花浑
　似雪花飞。

(戴盟撰书)

【解析】禅境:
参禅感悟的境界。空
灵:玲珑剔透的境
界。秋水:比喻明
净的镜面、明澈的
眼波。诗心:诗意之
心。慧悟:聪慧而能
领悟。《晋书·慕容
俊载记》:"聪敏慧悟,机思若
流。"荻花:芦花。

匾额三:报本堂

(蒋北耿书)

【解析】周庆云《西溪秋雪
庵志·重建秋雪庵碑记》:"谋既

定，商诸朋好同志，醵金重建大殿三楹，殿前东西各三楹，东为圆修堂，西为报本堂……"报本堂是民国时期周庆云重修秋雪庵时所新修建的西堂名，是常见的祭祀宗堂名，有"不忘报本"之意。

楹联四：

庵雪映长藤，尤思佛侣；
田禾资善酿，尚飨宗公。

（王潄居撰书）

【解析】庵雪：庵旁如雪一般的芦花。长藤：长长的藤萝。佛侣：僧侣。田禾：泛指庄稼。善酿：口感醇厚的酒。尚飨：亦作"尚享"，旧时用作祭文的结语，表示希望死者来享用祭品的意思。唐代韩愈《祭十二郎文》："呜呼！言有穷而情不可终，汝其知也邪？其不知也邪？呜呼哀哉！尚飨！"宗公：宗庙先公。《诗经·大雅·思齐》："惠于宗公，神罔时怨，神罔时恫。"

匾额四：圆修堂

（俞建华书）

【解析】清代吴本泰《秋雪庵记》："明崇祯十一年，秋雪庵扩建为院，复额'资寿院'，正中为圆修堂，堂上'弹指楼'，楼后为'一色轩'，北有'月斋'。"圆修：佛教语，指圆满的修习万行，在天台圆教指同时兼修空假中三观。

楹联五：

五蕴频修归正觉；
一心常定见空花。

（周友生撰，
钱法成书）

【解析】修五蕴：修行五蕴，佛教用语。蕴为堆、积聚

的意思，佛教称构成人或其他众生的五堆成分为"五蕴"，分别为色蕴、受蕴、想蕴、行蕴、识蕴。归正觉：回归精神的自我完满。一心定：佛教的定心。见空花：意即识破空花。空花是佛教语，指隐现于病眼者视觉中的繁花状虚影，比喻纷繁的妄想和假相。

匾额五：弹指楼

（朱关田书）

【解析】清代吴本泰《秋雪庵记》："明崇祯十一年，秋雪庵扩建为院，复额'资寿院'，正中为圆修堂，堂上'弹指楼'，楼后为'一色轩'，北有'月斋'。"弹指在如今多表示短暂易逝的时间，而其原本是印度的习俗，指弯曲食指再用大拇指捻弹作声，印度人用弹指表示喜悦、赞叹等意思。《法华经·如来神力品》："释迦牟尼佛及宝树下诸佛现神力时，满百千岁，然后还摄舌相。一时謦

欬，俱共弹指。"智颛注："弹指者，随喜也。"

楹联六：

说剑风生座；
题诗月满楼。

（厉鹗集句，蔡云超书）

【解析】所集二句，"说剑风生座"出自唐代卢纶《九日奉陪侍中宴白楼》："说剑风生座，抽琴鹤绕云。""题诗月满楼"则出自唐代武元衡《醉严司空荆南见寄》："刘琨坐啸风清塞，谢朓题诗月满楼。"说剑：《庄子·说剑》写赵文王好剑，庄子往说之，

云："有天子剑，有诸侯剑，有庶人剑。"劝文王好天子之剑，后遂以"说剑"指谈论武事。风生座：满坐风生，比喻神气不凡。题诗：就一事一物或一书一画等，抒发感受，题写诗句。月满楼：月光皎洁浸人，洒满亭楼。

匾额六：弹指楼开

（集董其昌字）

【解析】位于弹指楼上，相传匾额"弹指楼开"四字原是董其昌所题。

匾额七：逍遥阁

（祝遂之书）

【解析】逍遥：优游自得，安闲自在。

楹联七：

樊榭高踪，到眼溪山呈胜景；

达夫逸致，盈怀珠玉惠华章。

（周笃文撰，李文采书）

【解析】樊榭：厉鹗，字太鸿，号樊榭。高踪：指高隐之形迹、踪影。达夫：郁达夫。他游西溪时曾到秋雪庵。逸致：高逸的情致。盈怀：满怀。珠玉：比喻妙语或美好的诗文。华章：华美的辞章，此指郁达夫纪游西溪的文字。

匾额八：两浙词人祠堂

（饶宗颐书）

【解析】民国九年（1920），

113

周庆云募集七千元重建秋雪庵大殿，将其施给灵峰寺作为"灵峰下院"，并在殿后东侧开辟祠堂三间，祭祀两浙词人、宦游词人、流寓、方外词人及闺媛词人。周庆云朋友王蕴章在《历代两浙词人祠堂碑记》中这样叙述："杭州西溪，旧有秋雪庵，肇嘉名于眉公，证圆修于资寿。……拓维摩之十笏，弹指华严；舍大士之双林，增辉龙象。更于庵左，别构三楹，颜曰'历代两浙词人祠堂'。"

匾额九：草堂之灵

（集苏东坡字）

【解析】出自南朝齐孔稚珪《北山移文》："钟山之英，草堂之灵，驰烟驿路，勒移山庭。"此处指草堂中的魂灵。

楹联八：

词客有灵应识我；
西湖虽好莫题诗。

（清代朱古微集句，文怀沙书）

【解析】上联出自唐代温庭筠《过陈琳墓》："词客有灵应识我，霸才无主亦怜君。"下联出自北宋文同之句："北客若来休问事，西湖虽好莫吟诗。"

楹联九：

溯唐贤宋贤，一脉人文绚秋雪；
数西浙东浙，千家词笔韵春风。

（王翼奇撰书）

【解析】唐贤宋贤：指唐宋诗词大家。一脉人文：指唐宋以来西溪的人文积淀。绚秋雪：使秋芦飞雪之景绚烂。西浙东

浙：即"两浙"。千家词笔：指唐宋以来吟咏西溪的诗家及其诗作。南宋姜夔《暗香》词："何逊而今渐老，都忘却春风词笔。"韵春风：使春风也蕴含雅韵。

匾额十：溪山最胜

（启功书）

【解析】溪山：溪与山，泛指风景。唐代杜荀鹤《寄李隐居》诗："溪山不必将钱买，赢得来来去去看。"

楹联十：

雁字斜书，是天上无双笔墨；
渔舟小驻，看庵前第一溪山。

（魏新河撰，金鉴才书）

【解析】雁字：成列而飞的雁群。群雁飞行时常排成"一"或

"人"字，故称。斜书：如同斜列的行书。庵前：秋雪庵前。

楹联十一：

春风有形在流水；
古贤寄迹于斯文。

（清代曹广桢撰，清代万青藜书）

【解析】此联引自南阳城西武侯祠内的《出师表》碑廊楹柱联。上联意为，人们从流动的溪水感悟到春天的到来；下联原意为，古代贤人以吟诵或书写《出师表》来寄托自己的心迹，此处"斯文"指两浙诗词，即前贤在诗文中寄托了自己的心迹。

匾额十一：香积厨

（吕国璋书）

【解析】佛教称僧寺的食厨，取香积佛国香饭之意。《维摩诘所说经·香积佛品》："香积如来以众香钵盛满香饭与'化菩萨'。"

楹联十二：

野蕨炊香，苔痕侵灶石；
秋芦标韵，山翠借厨烟。

（张学理撰，沈炳书）

【解析】野蕨：野蔬。南宋陆游《农家》诗："溪碓新春白，山厨野蕨香。"炊香：炊烧酒菜时飘出的香气。苔痕：苔藓滋生的痕迹。唐代刘禹锡《陋室铭》："苔痕上阶绿，草色入帘青。"秋芦：秋天的芦花。标韵：风标情韵。明代梁辰鱼《驻云飞·风情》曲："似海棠标韵，试折傍菱花，比并方才信，一半胭脂一半粉。"山翠：翠绿的山色。厨烟：炊烟。

曲水庵

　　曲水庵位于蒋村乡王家桥村，交芦庵的东面。清朝孙之骏《南漳子》载："曲水庵，古清化寺旧址。"始建时间早于秋雪庵、交芦庵，后因年久倾毁。明崇祯元年（1628），云栖寺古德法师应钱谦益、钱士贵、唐世济等人之邀重建。曲水庵筑于曲水深荡之中，庵基依水而筑，门迎曲水，四周溪水环绕，有芦荡竹篱掩映，非舟莫渡，故名"曲水庵"。但是随着岁月更替，曲水庵也与西溪的大部分庵祠一样湮灭。

　　在西溪湿地综合保护二期工程中，按《西溪梵隐志》上的信息恢复了曲水庵。如今的曲水庵主要入口面南，经山门引入，过山门为天井，内置铸铁香炉。大殿面南背北，设东西厢房，以廊相结，可设壁画，重现古德法师讲经场景。大殿西面建怀阁，又东为讲经堂。并增设僧寮和厕所等。建筑按明代民居寺庵含蓄简朴的风格营建，梁架为木构，砖墙体，除讲经楼外均为一层建筑物，勾勒景致优美的天际线，并配置寺观庭院树种。庵之中堂供奉着阿弥陀佛、观世音、大势至"西方三圣"，东西两侧的庑廊为香客宿舍。禅室左面有一幢楼，楼上供奉着观音菩萨像。楼下为讲经堂。西向有一"怀阁"。

匾额一：曲水庵

（光泉书）

【解析】明崇祯元年（1628）云栖古德禅师重新创建，依溪筑一庵，门迎曲水，非舟莫渡，故名"曲水庵"。

楹联一：

绕屋千竿，幻入潮音净土；
仙缘万象，神修佛国菩提。

（吴龙友书）

【解析】潮音：指僧众诵经之声。净土：佛教语，指佛所居住的无尘世污染的清净世界。上联意为步入绕着屋舍的万千竹竿，让人在僧众诵经之声中仿佛步入了没有尘世庸俗气的清净世界。仙缘：修道成仙的缘分。万象：

一切事物或景象。佛国：佛度化的世界。菩提：佛教语，是梵文Bodhi的音译，用以指豁然彻悟的境界，又指觉悟的智慧和觉悟的途径。下联指这样的美好幻象令人神往于佛教中豁然彻悟的境界。

匾额二：入三摩地

（光泉书）

【解析】三摩地又称三昧、三摩提、三摩帝，佛教术语，意指专注于所缘境，而进入心不散乱的状态。入三摩地即入定。

匾额三：曲水庵

（集苏轼字）

【解析】明崇祯元年（1628）云栖古德禅师重新创建，依溪筑一庵，门迎曲水，非舟莫渡，故名"曲水庵"。

匾额四：古先生之庐

（朱关田书）

【解析】清代吴本泰《西溪梵隐志·纪刹》载："曲水庵在正等院左。崇祯元年，云栖古德贤法师所创。基从水筑，非楫莫寻。陟峰为门，步檐即奥。严居士调御题额'曲水庵'，又题'古先生之庐'。"即古德法师的庵庐。

楹联二：

金炉香散千花暖；
玉麈风生万籁雄。

（吴应宾撰，集赵孟𫖯字）

【解析】金炉：香炉之美称。南朝梁江淹《别赋》："同琼

佩之晨照，共金炉之夕香。"玉麈：玉柄的拂尘，以麈尾拂尘，故称"玉麈"。风生：指挥麈清谈，语笑风生。万籁：泛指自然界的各种声音。籁，孔窍所发出来的声音。

匾额五：虚清存心

（集黄庭坚字）

【解析】虚清：清净虚无。存心：心里怀有的信念、意念。

匾额六：悟真堂

（俞建华书）

【解析】领悟真谛。

楹联三：

云落曲溪，莲开净土；
生公说法，雪老谈经。

（王企敦撰，邱振中书）

【解析】云落曲溪：云彩向西方降落消散，一曲溪水蜿蜒着。莲开：佛教语，在净土门中一般认为莲花开了，通向极乐净土的大门也就打开了。净土：佛教语，佛所居住的无尘世污染的清净世界。生公说法：晋末高僧竺道生，世称生公。竺道生解说佛法，能使顽石点头。比喻精通者亲自来讲解，必能透彻说理而使人感化。《莲社高贤传》："竺道生入虎丘山，聚石为徒，讲《涅槃经》，群石皆点头。"

匾额七：福缘善庆

（集智永字）

【解析】出自南朝梁周兴嗣《千字文》："空谷传声，虚堂习听。祸因恶积，福缘善庆。"指多做积德行善的事会带来福运。

楹联四：

九曲通幽芦笛远；
一庵环翠梵音长。

（乔中兴撰，
赵雁君书）

【解析】九曲通幽：弯弯曲曲的河道通往幽胜之处。唐代常建《题破山寺后禅院》诗："竹径通幽处，禅房花木深。"芦笛：古代的一种管乐器。以芦叶为管，管口有哨簧，管面有音孔，下端范铜为喇叭嘴状，吹时用指启闭音孔，以调音节。一庵环翠：层层叠叠的青翠草木环绕庵的周围。梵音：诵唱佛经的声音。唐代王勃《游梵宇三觉寺》诗："萝幌栖禅影，松门听梵音。"

匾额八：洗心斋

（李刚田书）

【解析】洗心：语出《易经》："圣人以此洗心，退藏于密。"指澄清内心之疑虑烦忧。佛教禅宗也有"洗心"的说辞。

楹联五：

万法相容，容人容己；
一心向善，善始善终。

（姚郁庵撰，胡小军书）

【解析】万法相容：佛教的圆融观认为万法容于一心，故万法相容无碍，一与多、总与别、成与坏相依赖而存在，故二者之间相

互容含，一体无别。容人容己：包容别人也是包容自己。一心向善：指由始至终，对行善的愿望都没有改变。善始善终：美好的开始，圆满的结局。《庄子·大宗师》："故圣人将游于物之所不得遁而皆存，善妖善老，善始善终，人犹效之。"

匾额九：学贵心悟

（田一峰书）

【解析】出自北宋张载《经学理窟·义理》："学贵心悟，守旧无功。"意为学习最重要的是用心感悟其中的道理。

楹联六：

溪水平分唯淡泊；
梅花相证是清寒。

（李忠撰，陈硕书）

【解析】溪水平分：溪山在此处被分为两半，形容在水中岛处。淡泊：指名利之心冷淡。梅花相证：与梅花相互对证，形容人迹罕至。清寒：清贫寒素。南宋陆游《白鹤馆夜坐》诗："袖手哦新诗，清寒愧雄浑。"

匾额十：僧寮

（张茂新书）

【解析】僧舍。南宋陆游《贫居》诗："囊空如客路，屋窄似僧寮。"

楹联七：

贝叶横窗，禅心有悟；
莲花伴影，尘梦无痕。

（谢毅撰，陈威遐书）

【解析】贝叶：古代印度人用以写经的树叶，亦借指佛经。唐玄奘《谢敕赉经序启》："遂使给园精舍，并入提封；贝叶灵文，咸归册府。"横窗：横在窗口。禅心：佛教用语，谓清静寂定的心境。南朝梁江淹《吴中礼石佛》诗："禅心暮不杂，寂行好无私。"有悟：有所觉悟。莲花：莲华，喻佛门的妙法。明代李贽《观音问》："若无国土，则阿弥陀佛为假名，莲华为假相，接引为假说。"佛经有《妙法莲华经》。伴影：伴随着灯影。尘梦：尘世的梦幻。明代文徵明《秋日过竹堂》诗："破除尘梦来看竹，妆点闲情坐有僧。"

匾额十一：抱朴含真

（高甬春书）

【解析】抱：保持。朴：朴素。真：纯真、自然。《老子》："见素抱朴，少私寡欲。"意为人应保持并蕴含朴素、纯真的自然天性，不要沾染虚伪、狡诈而玷污、损伤人的天性。

楹联八：

几缕炊烟俗世梦；
一寮明月老僧心。

（朱荣军撰，郭超英书）

【解析】此联意为：几缕炊烟使梦回世俗生活，而一窗明月则又唤回了老和尚的佛心。

匾额十二：怀阁

（王玉田书）

【解析】是曲水庵原有的建筑名，是创建曲水庵的古德法师取思怀故里之意所建。清代吴本泰《西溪梵隐志·纪刹》载："曲水庵在正等院左。崇祯元年，云栖古德贤法师所创。……又东为怀阁，以其面西，怀所归也。"

楹联九：

庵于静处横生趣；
水到闲时曲咏诗。

（莫非撰，柴欢慈书）

【解析】此联意为：僻静之处的庵横生幽趣，在弯弯曲曲的水中闲闲地荡悠则生起咏诗之心。

匾额十三：鸿朗

（沈赐恩书）

【解析】形容昌盛。

楹联十：

列宿如灯昭舍利；

荻花似雪簇观音。

（李波撰，夏有祥书）

【解析】列宿：众星宿，特指二十八宿。《楚辞·刘向》："指列宿以白情兮，诉五帝以置词。"昭：昭明。舍利：佛教修行者遗体焚化之后，所结成的珠状或块状的颗粒；其色有三种，骨为白舍利，发为黑舍利，肉为赤舍利，象征修行者在戒、定、慧的成就。荻花：芦花。簇：簇拥。观音：佛教的菩萨之一，佛教徒认为是慈悲的化身，救苦救难之神，观察苦恼众生的音声而循声解救，故称。

匾额十四：心系灵山

（王冬龄书）

【解析】灵山：印度佛教圣地灵鹫山的简称。南朝齐王融《净行诗》之五："朝游净国侣，暮集灵山群。"

匾额十五：钟楼

（瑞法书）

楹联十一：

一院风篁传佛语；
四时水月静禅心。

（谢毅撰，来海鸿书）

【解析】一院：满院。风篁：指风吹篁竹发出的声响。南朝宋谢庄《月赋》："若乃凉夜自凄，风篁成韵。"佛语：佛

之言说。四时：春、夏、秋、冬四季。水月：水中月影。唐太宗《大唐三藏圣教序》："松风水月，未足以比其清华。"禅心：佛教用语，谓清静寂定的心境。

佛经的声音在天地间回荡，传达着佛教的真义。

匾额十七：妙悟

（李淳昌书）

【解析】超越寻常的领悟。南宋严羽《沧浪诗话·诗辩》："大抵禅道惟在妙悟，诗道亦在妙悟。"

匾额十六：讲经楼

（喻革良书）

【解析】意为庵中僧侣讲经之处。明清时期曲水庵曾是西溪三大名庵之一，听经者络绎不绝。《西溪百咏》载："公集缁素，结万佛社。二十余年不辍讲席。社中有笠云、箬如二公，继席开讲，皆泊芦中。"

楹联十二：

楼载古今史话；
经传天地梵音。

（王敬撰，沈赐恩书）

【解析】此联意为：楼宇承载着古往今来的历史与传说，诵唱

楹联十三：

说来精辟花倾耳；
听得分明石点头。

（严金海撰，
李章庸书）

【解析】此联化用了释迦牟尼讲经时的传说，据说释迦牟尼在灵鹫山讲经时，由于过于精彩，虚空之中布满了鲜花，连旁边的石头也都情不

自禁地点头称是。

匾额十八：心清虚澄

（管樟平书）

【解析】心境清净、虚无、
澄澈。

交芦庵

　　交芦庵又名芦庵、正等院，位于蒋村乡王家桥村三组，在秋雪庵正东约500米处。据《咸淳临安志》载，南宋绍兴年间（1131—1162），侍卫马军司驻屯于西溪湿地一带，因奉祀所需，于龙驹坞建正等院。明万历初年，正等院释如觉将院迁往河渚，初名正等庵。《西溪百咏》正等院载："三缘无实若交芦，今绕溪居悟得无。花雪为寒知假热，管空作笛解虚呼。屋乘沤寄波间舫，心寓闲身水上凫。庵里主人能荐取，何须参问折芦胡。"交芦庵名的由来有两种说法。一是董其昌通佛经，取《楞严经》义。《楞严经》卷五曰："佛告阿难：'根尘同源，缚脱无二；识性虚妄，犹如空华。阿难！由尘发知。因根有相；相见无性，同于交芦。'""交芦"取佛经根、尘、识三都无实性，同于"交芦"之义。二是因庵建在芦苇之中，又称芦庵。自此之后正等庵就改名交芦庵了。明末整修时，由董其昌题写"茭芦"名（误书"交芦"为"茭芦"）。

　　交芦庵原为西溪名庵，收藏历代名人字画颇多。文人墨客也经常雅集于此，竹林玄谈、曲水流觞、考据文物、钻研金石、潜心印章、参禅证道、顿悟因缘、醉心泉石、巧异盆景、品茗论诗、焚香抚琴等等。据说康熙皇帝至西溪山庄时题写的"竹窗"二字、《西溪山庄》诗以及费丹旭的《溪流延月》、戴熙《西溪访友》和《交芦庵》、苏元惇手书厉鹗西溪诸诗长卷真迹曾藏于交芦庵。另还收有唐寅等人的多种书画作品。据查，道光十年（1830）戴熙访蒹葭里，以"一曲溪流一曲烟"诗意画《交芦庵图卷》长卷，现存上海博物馆。但随着岁月更替，交芦庵也与西溪的大部分庵祠一样埋灭。

　　如今西溪湿地综合保护工程所重修的交芦庵，建筑风格既有宋代小庵的形制，也具民国初年的风味。组群建筑以明式民居式庵堂为主，两进庭院布局结构，第一进院落中的建筑以佛学为主要功能，第二进院落则以儒学为主要功能，东侧建客房楼，恢复文人墨客当年雅集于此的盛况。

匾额一：茭芦庵

（集董其昌字）

【解析】明末整修时，由董其昌题额，却将"交芦庵"误书为"茭芦庵"。

匾额二：慈航普渡

【解析】佛教语，指佛祖慈爱，普度众生。

楹联一：

香火因缘，弥勒同龛如是
　　住；
溪山幽胜，吟魂此地盍归
　　来。

（厉鹗神龛联）

【解析】出自佚名集唐宋诗文。清梁章钜《楹联三话》卷上载："西溪交芦庵内有厉樊榭先生（鹗）神龛，联云：'香火因缘，弥勒同龛如是住。溪山幽胜，吟魂此地盍归来。'"香火因缘：佛教语。香与灯火为供奉佛前之物，因以"香火因缘"谓同在佛门、彼此契合。唐代李百药《北齐书》卷三十二："法和是求佛之人，尚不希释梵天王坐处，岂规王位？但于空王佛所与主上有香火因缘，见主人应有报至，故救援耳。"弥勒同龛：指在佛教修行。《淳化阁帖》："褚遂良帖云'法师道体安居，深以为慰耳。复闻久弃尘滓，与弥勒同龛，一食清斋，六时禅诵，得果已来，将无退转也。'"如是往：一同去往往生。溪山幽胜：溪水与山石幽静形胜之处。吟魂此地盍归来：吟魂即诗人的灵魂、魂魄，意为诗人的灵魂为何不在此地归来。

匾额三：不昧因果

（张耕源书）

【解析】佛教语，指对于因果报应清清楚楚、明明白白。南宋普济《五灯会元》卷十七"雪峰道圆禅师"条："时二僧论野狐话。一云：'不昧因果，也未脱得野狐身。'一云：'不落因果，又何曾堕野狐来？'"

楹联二：

文会仰承儒释道；
墨林参集印诗书。

（肖奇光撰，骆恒光书）

【解析】文会：文士饮酒赋诗或切磋学问的聚会，也指文人结合的团体。仰承：依仗，一般用于下对上。儒释道：儒家、佛家和道家的合称，三教合一的情形在明清之后的民间祠堂尤为明显。墨林：翰墨之林。比喻诗文书画之荟萃，此指文化场所。参集：参与、聚集。印诗书：

篆刻、诗文、书法，此指印人、诗人、书画家。

匾额四：观堂

【解析】佛教寺院的出家人吃饭的地方一般情况下称为斋堂，而有些寺院称为"五观堂"，取用食品须作五种观法（"计功多少，量彼来处""忖己德行，全缺应供""防心离过，贪等为宗""正事良药，为疗形枯""为成道业，方受此食"），简称"观堂"。

楹联三：

应将笔砚随诗主；
为访芦花上钓舟。

（黄文中集句，集黄文中字）

【解析】上联句出唐代白居易《令狐尚书许过弊居先赠长句》："应将笔砚随诗主，定有笙歌伴酒仙。"意为应当带着笔砚跟随作诗的主人。下联句出明代姜应麟《秋怀》七律："因题枫叶开诗卷，为访芦花上钓

舟。"意为乘坐小船，只为观赏芦花。

匾额五：自得

【解析】即自得其道。北宋程颢《秋日偶成》诗（其二）："万物静观皆自得，四时佳兴与人同。"

楹联四：

风轻水初绿；
日晴花更新。
（唐代李适句，清代爱新觉罗·弘昼书）

【解析】出自唐代李适《三日书怀因示百僚》诗，表达春日自然和融的场景。

匾额六：正等院

（张爱国书）

【解析】语出佛教"无上正等正觉"。无上正等正觉是"阿耨多罗三藐三菩提"的意译，出自《金刚经》，含义是"彻悟一切宇宙奥妙圆融圆通无滞无碍之觉"，即至高无上的平等觉悟之心。

匾额七：大自在

【解析】佛教语。指进退无碍，心离烦恼。《法华经·五百弟子受记品》："复闻诸佛有大自在神通之力。"后多用指自由自在、无挂无碍的境界。

楹联五：

客来莫嫌茶味
淡；
僧家不比世情
浓。

（杨为国书）

【解析】这是佛
门中常流传的对联，
道出了僧家的待客之
道：从古至今的大德
高僧，他们对待来客
都是平平淡淡，从不像世间人那样
热情，更不会有贫富贵贱之分。

观音精舍

　　观音精舍位于洪园景区内。观音庵起于南宋年间，据传为高宗当时饮茶休憩之所；明代成化年间为洪钟改建成家庙，作为其夫人周氏清修之所；后来逐渐成为西溪历代村民求子求孙的送子观音庵，因屡有灵验而香火日渐旺盛；如今的观音精舍即由观音庵改建而来，集禅修于一体，是修佛学佛的清幽之所。

匾额一：观音精舍

【解析】精舍的本义，以佛教的解释乃是精练勤修的行者所居之处。中国佛教道场以精舍为名从晋代开始。《晋书·孝武帝纪》："帝初奉佛法，立精舍于殿内，引诸沙门以居之。"另，宋代王观国《学林新编》则说："晋孝武幼奉佛法，立静舍于殿门，引沙门居之，因此俗谓佛寺曰静舍。"

匾额二：妙庄严域

【解析】寺庙常见匾额，出自唐代佛陀多罗译《圆觉经》一卷："障尽愿满便登解脱清净法殿，证大圆觉妙庄严域。"妙：妙相，指佛的相貌。庄严：佛家对表相事物，或心理行为的道德意义的修饰、加强称为庄严，指佛菩萨像端庄威严。

楹联一：

紫竹林中观自在；
瓶中甘露洒娑婆。

（刘江撰书）

【解析】紫竹林：紫竹是亚洲的一种小竹，茎成长后为紫黑色，故称；紫竹林也是普陀山中的一个景点，在民间传说里是观音菩萨修行的地方，故可指代观音。自在：佛教语，指心离烦恼的系缚，通达无碍。瓶中甘露：指观音手中持有净瓶，净瓶中盛满甘露，瓶中插了用以挥洒的柳枝，象征着观世音以大慈大悲的甘露遍洒人间。娑婆：佛教用语，意为能忍、堪忍。谓在这个世界的众生要忍受各种苦和烦恼的杂会。《悲华经·卷五》："善男子，未来之世过一恒河沙等阿僧祇劫，入第二恒河沙等阿僧祇劫，后分之中，此佛世界当名'娑婆'。何因缘故名

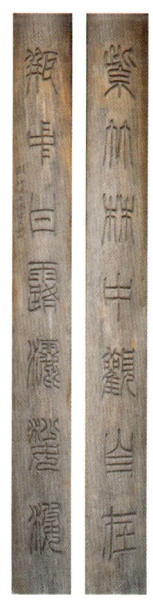

曰：'娑婆？'是诸众生忍受三毒及诸烦恼。"

匾额三：观自在

【解析】"观自在"其是观世音菩萨的另外一个名号。"观"是对于宇宙人生真理的观察，由此洞见人生的究竟。"自在"指摆脱了有漏有取的蕴等系缚，而得身心的自由自在。

楹联二：

红尘无处观自在；
浮生有幸见观音。

（李明书）

【解析】红尘：佛教指人世间。浮生：短暂虚幻的人生。

匾额四：幽静佛地

【解析】即清幽寂静的寺院。

楹联三：

落梅风里经声早；
修竹阴中梵呗迟。

（明代钱谦益句）

【解析】句出明代钱谦益《过法华山为济舟上人题》诗。此联意为即使在梅花飘落的冬风里也可以早早地听见念经的声音，而在茂密高大的竹林里所传来的梵乐也迟迟不绝。梵呗：佛教作法事时念诵经文的声音。南朝梁慧皎《高僧传·经师论》："原夫梵呗之起，亦肇自陈思。"

匾额五：清净调柔

【解析】佛教语。后秦鸠摩罗什译《成实论》卷一："清净调柔者，二清净，故名清净调柔。语清净，故名曰清净。义清净，故名曰调柔。"清净即远离恶行与烦恼，调柔即调和顺适。

楹联四：

千花万花弄明月；
难竹苦竹为众生。

（集句，张锡庚书）

【解析】上联出自清代项廷绶《〈西溪梅竹山庄图〉题咏》诗："千花万花弄明月，一枝两枝鸣水禽。"项廷绶此句的"弄"字借用北宋张先名句"云破月来花弄影"，王国维曾评价道："'云破月来花弄影'，一个弄字，意境全出矣。"下联化用东晋佛驮跋陀罗译《大方广佛华严经》偈颂集联："普雨法雨润一切，难行苦行为众生。"上联意为在明月下千花万花在轻风中舞动，下联意为竹子要经历拔节的苦难，同样是众生皆苦。

楹联五：

月明借色疑天瑞；
涧水流香引梦回。

（明代释大善句）

【解析】句出明代释大善《西溪百咏》卷下《云山庵》诗。此联写梅花。月明借色：梅花借着皎洁的月光更显洁白。天瑞：上天降下的祥瑞。涧水流香：飘零的梅花花瓣落在涧水中，有一溪清香。梦回：回到美妙的梦境。

楹联六：

不向三春开锦树；
偏从八月放香林。

（明代释大善句，余正书）

【解析】句出明代释大善《西溪百咏》卷下《潮音庵》诗。此联写桂花。不是在三春时节花开满树，而是在八月仲秋时节满林飘香。

匾额六：静虑

（戒清书）

【解析】佛教语，谓坐禅时住心于一境，冥想妙理。

匾额七：无心居

（戒兴书）

【解析】无心是佛教语，指解脱邪念的真心。

家族祠堂

洪氏宗祠

厉杭二公祠

蒋相公祠与牌坊

洪氏宗祠

　　杭州洪氏家族被誉为钱塘望族，洪氏宗祠原址位于西溪五常洪家埭，是杭州洪氏家族后裔的聚居地。重建的洪氏宗祠占地1200余平方米，由门屋、享堂和寝殿等组成，展示有杭州洪氏家族的先祖画像、神祖牌位、家规祖训、昭告和楹联匾额等。

匾额一：洪氏宗祠

（张海书）

【解析】宗祠：存放家族亡
故先辈牌位、举行家族内各种仪式
或处理家族事务的地方。

楹联一：

宋朝父子公侯三宰相；
明纪祖孙太保五尚书。

（佚名题，余秋雨书）

【解析】此联上
联指宋代洪皓父子，
下联指明代洪钟祖孙。
宋代洪皓父子中按宋代
官制为正一品官爵的实
际应共有洪皓、洪适、
洪遵、洪迈四人；明代
洪钟祖孙中按明代官制
为正一品官爵的实际应
共有洪荣甫、洪有恒、
洪薪、洪钟、洪瞻祖五
人；这也是前文洪钟别

业楹联中将洪氏家族代表人物称为
"九公""九雄"的原因。

楹联二：

莫谓银河余别派；
洵知青野见真源。

（洪氏宗谱诗，胡秋萍书）

【解析】出自《敦
煌郡洪氏通宗谱》中
《轮溪八景·九曲清
泉》诗。洪氏是共工氏
的后人，原世居敦煌，
唐代时其中一位先祖洪
延寿迁至婺源黄荆墩
（即轮溪），婺源轮溪
一支洪氏则是宋洪皓及
子适、迈、遵所在族。
别派：同祖先的一个分
支。真源：谓本源、本
性。

匾额二：共工源脉

（集《张迁碑》、邓石如、《桐柏

庙碑》、《隶辨》字）

【解析】南宋绍兴十七年（1147）丞相文惠公洪适序《洪氏宗谱》："洪氏之先，共工氏之后也，洪之从水从共，而共氏尝以水德霸九州，其因此及姓焉。"共工：洪氏的起源共工氏。源脉：源头与流脉。

楹联三：

宗山拱秀隆基业；
星斗长明映画堂。

（洪氏家庙联，朱永灵书）

【解析】宗山：秦汉以后历代王朝都沿袭了山川祭祀制度，在国家祀典中进行以五岳为首的山岳祭祀体系，而在中国的众多名山中，只有"东岳之庙，遍于天下"，即将东岳泰山尊为"宗山"或"首山"，也常用以指代家族之尊崇。拱秀：此指家族如山岳高拱灵秀之姿。基业：作为家族根基的事业。星斗：比喻家族中声名显赫的人物。北宋苏轼《上虢州太守启》："久仰圭璋之望，素钦星斗之名。"画堂：有彩绘的华丽的堂舍，此指宗祠家庙。

匾额三：敦煌别衍

（集赵孟頫、唐寅、陆游字）

【解析】别衍：分支。《敦煌郡洪氏通宗谱》载："共勋，字正茂，东汉永和间，年少举忠勇，从李固征蛮夷，进计服之，李固表为平北校尉。后又以平黄巾功，封武阳侯。子曰普，世居敦煌，为灵帝从官。宦官曹节等与朱瑀矫诏杀太傅陈蕃、大将军窦武，普惧祸及于己，与父偕隐，以上世有水德，加水'共'左，改姓为洪，此共洪始祖也。"即一般认为敦煌人洪普是洪氏的始祖。因此，后来的洪姓都冠以"敦煌"的郡望（即一郡有名望的大族），一来彰显家族声望，二则表示自己的祖先是从敦煌发家的，有其根源。

楹联四：

棣华竞秀芳千古；
桑梓咸沾庇五方。

（清代吴祖枚句，刘涛书）

【解析】出自《西溪联吟》之吴祖枚《神道路》。棣华：比喻兄弟。《诗经·小雅·常棣》："常棣之华，鄂不韡韡。凡今之人，莫如兄弟。"竞秀：此指兄弟并皆优秀。桑梓：指故乡，亦指乡亲父老。《诗经·小雅·小弁》："维桑与梓，必恭敬止。"咸沾：都沾光。南宋真德秀《皇后阁春帖子词五首》（其三）："晓来宽大诏初颁，物物咸沾雨露恩。"五方：东、南、西、北和中央，泛指各方。

匾额四：桓桓大宗

（集徐三庚、吴大澂、石鼓文、邓石如字）

【解析】桓桓：勇武、威武的样子。《尚书·牧誓》："勖哉夫子！尚桓桓。"大宗：世家大族。

楹联五：

临难冰霜昭史策；
退闲松菊裕云礽。

（邵乾兴句，宇文家林书）

【解析】句出民国洪乃治《余邑洪氏宗谱》中所载邵乾兴《又为承承堂洪公善初题》诗："自古贤豪裔必兴，迄今堂构世世承。声名不为家

传没，德兴荣标县志增。临难冰霜昭史策，退闲松菊裕云礽。乃翁定录天曹去，谱牒何须姓氏登。"据嘉庆《余杭县志》卷十七《古迹》载："洪氏承承堂。宋忠宣公后世居上寿庄，有上洪、中洪、下洪三村。承承堂其故宅也，今废。"即"承承堂"也是钱塘望族洪氏家族在杭州的宗祠之一。临难：面对危难。冰霜：比喻操守纯洁清白。昭史策：显昭于史书。退闲：退职闲居。北宋苏轼《赐检校司空左武卫上将军郭逵进奉谢恩马诏》："惟卿耆老，渐就退闲。"松菊：松与菊不畏霜寒，因以喻坚贞节操或具有坚贞节操的人。裕云礽：造福于后继者；云礽即远孙，比喻后继者。

匾额五：忠贯日月

（集居延汉简、钱泳字）

【解析】忠贯日月：忠诚之心上贯日月。宋高宗曾赞扬洪皓："卿忠贯日月，志不忘君，虽苏武

不能过！"

楹联六：

柳絮椒花，声标珠阁；
芙蓉芍药，誉满士林。

（清代陆繁弨句，周志高书）

【解析】句出清代陆繁弨《善卷堂四六》，是洪昇的启蒙老师陆繁弨送给洪昇新婚的贺诗之序。柳絮：称扬女子有诗才之典，因东晋才女谢道韫以"未若柳絮因风起"句咏雪而称。《晋书·王凝之妻谢氏传》："凝之妻谢氏，字道韫，安西将军奕之女也，聪识有才辩。叔父安尝内集，俄而雪骤下，安曰，何所似也？安兄子朗曰：'撒盐空中差可拟。'道韫口：'未若柳絮因风起。'安大悦。"椒花：称扬女子有诗才之典。《晋书·刘臻妻陈氏传》："刘臻妻陈氏者，亦聪辩能属文。尝正旦献《椒花颂》。"声标珠阁：闻名于闺秀之间。芙蓉

芍药：是花中翘楚，比喻才华出类拔萃。誉满士林：名声享誉于学子之间。

匾额六：钱塘望族

（集钱泳、奚冈、邓石如字）

【解析】明代王守仁《王阳明集》卷二十五："自宋太师忠宣公皓始赐第于钱塘西湖之葛岭，三子景伯、景严、景卢皆以名德相承，遂为钱塘望族。"后多以钱塘望族称杭州西溪洪氏家族。

楹联七：

庙貌重新，万姓咸沾恺泽；
神舟竞渡，千秋共仰流风。

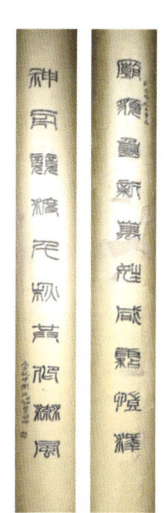

（清代郑念桥撰，刘江书）

【解析】此为郑念桥为杭州西湖天曹庙所撰的楹联。

庙貌：庙宇及神像。《诗经·周颂·清庙序》："郑玄笺：'庙之言貌也，死者精神不可得而见，但以生时之居，立宫室象貌为之耳。'"重新：再次装修使面貌一新。万姓：万民。《尚书·立政》："式商受命，奄甸万姓。"咸沾恺泽：都享受了安乐与恩泽。神舟竞渡：神灵的舟船竞相渡过。千秋：千年，指将来的岁月。共仰流风：共同仰慕前代所流传下来的风气。《孟子·公孙丑上》："纣之去武丁未久也，其故家遗俗，流风善政，犹有存者。"

匾额七：三瑞堂

（集王羲之、米芾字）

【解析】同洪钟别业匾额十九。三瑞堂是南宋著名忠臣忠宣公洪皓这一洪氏分支的世家堂号，原位于宁海。南宋《嘉定赤城志》："三瑞堂，在厅西。政和四年主簿洪皓建。时以荷花、桃实、竹干有连理之瑞，已而生子适，故名。"洪皓的三子洪适、洪遵、洪迈三人均应三瑞征兆功成名就，被认为是洪皓在宁海多行善政、广种德行的缘故，三瑞堂也成了洪皓一脉之世家堂号，见此堂号既知为洪皓后裔，西溪洪氏宗祠的三瑞堂也是接洪皓宁海"三瑞堂"的遗续。洪皓长子洪适曾题诗《三瑞堂》："久矣驰魂梦，今登三瑞堂。故山有乔木，近事话甘棠。展骥惭充位，占熊忆问祥。白云留未去，极望是吾乡。"

楹联八：

只道幽香闻数里；
绝知芳誉亘千乡。

（宋代洪适句，鲍贤伦书）

【解析】句出洪适《次韵蔡瞻明木犀八绝句其三》，原句为"共道幽香闻十里，绝知芳誉亘千乡"，其中木犀即如今的桂花。只道：只以为。幽香：清淡而幽婉的香味。闻数里：数里之外都

可以闻得。绝知：绝对知道。 芳誉：美好的名声。亘千乡：横亘四方。

匾额八：奕世流芳

（集《元珍墓志》、董其昌、王献之字）

【解析】奕世：累世，代代。《国语·周语上》："奕世载德，不忝前人。"流芳：流传美名。

匾额九：扶天常

（集子游残石、《西狭颂》、《乙瑛碑》字）

【解析】天常：天的常道，常指封建的纲常伦理。"扶天常"

意为辅佐帝王。

"绵绵瓜瓞。"

匾额十：益弘以骞

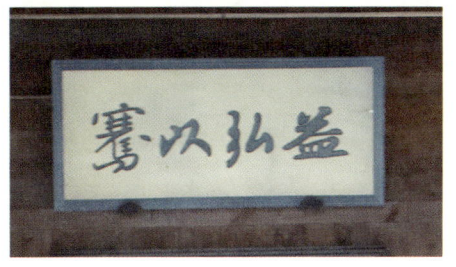

（集苏轼、李侗、苏轼字）

【解析】出自明代王守仁《王文成公全书》卷二十五外集七《谥襄惠两峰洪公墓志铭》："于桌于藩，益弘以骞。"益：日益。弘：弘扬。骞：骞腾、腾飞。意为事业名声日益弘扬扩大，有腾飞之势。

匾额十一：瓜瓞绵延

（集董其昌、王庭坚、陆柬之、王铎字）

【解析】比喻子孙繁衍、相继不绝。《诗经·大雅·绵》：

匾额十二：立人极

（集欧阳询、柳公权字）

【解析】立人极：遵守纲纪纲常，遵守"中正仁义"的行事准则。北宋周敦颐《太极图说》："圣人定之以中正仁义，而主静立人极焉。"

匾额十三：甘棠遗泽

（集吴昌硕、谢庸、赵之谦字）

【解析】甘棠：称赞官吏的美政和遗爱。《史记·燕召公世家》："周武王之灭纣，封召公于北燕……召公巡行乡邑，有棠树，决狱政事其下，自侯伯至庶人各得其所，无失职者。召公卒，而民人思召公之政，怀棠树不敢伐，哥咏之，作《甘棠》之诗。"宋代洪适《三瑞堂》："故山有乔木，近事话甘棠。"遗泽：前世遗留的德泽。

匾额十四：感恩阁

（集《夏承碑》《史晨碑》《西狭颂》字）

【解析】感恩：感怀恩德。

匾额十五：声远堂

（集文徵明、欧阳询、沈粲字）

【解析】声远：声名远播。

匾额十六：风化阁

（集吴让之、赵之谦、徐三庚字）

【解析】风化：风俗教化。

匾额十七：感梦阁

（集王献之、王羲之、高正臣字）

【解析】感梦：感应于梦中。明代文学家王世贞曾在葛岭感梦洪皓，并有"朝来揽胜登山麓，忽梦洪公犹似玉"之句。

匾额十八：垂千万年

（集《校官碑》《礼器碑》《华山神庙碑》字）

【解析】出自明代王守仁《王文成公全书》卷二十五外集七《谥襄惠两峰洪公墓志铭》："诗此贞石，垂千万年！"意为名声能流传千秋万代。

匾额十九：金石文章

（集《泰山金刚经》、胡震、伊秉绶、金农字）

【解析】金石文章：比喻文章铿锵有力、掷地有声，如同钟磬敲击的金石之声。

匾额二十：百代绝学

（集《元倪墓志》、《崔敬邕墓志》、苏轼字）

【解析】出自《宋史》卷三百九十五："谓：'周惇（敦）颐、程颢、程颐为百代绝学之倡，乞定议赐谥。'"意为在学术领域有着历代以来的独到造诣，在此用以赞颂洪氏家族在金石学、钱币学、文学、戏剧学等领域的成就。

匾额二十一：嗣续得人

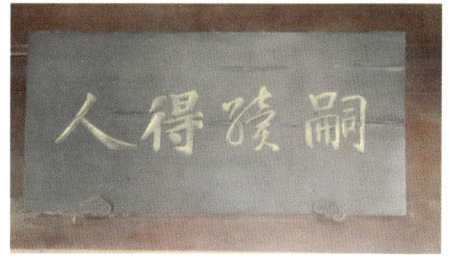

（集智永、虞世南字）

【解析】嗣续：子孙世代继承。《国语·晋语四》："嗣续其祖，如毂之滋。"得人：得人心。《国语·晋语一》："今不据其安，不可谓能谋，行之以齿牙，不可谓得人。"

匾额二十二：兴国昌文

（集《曹全碑》《史晨碑》字）

【解析】振兴邦国，鼎盛人文。

楹联九：

行兼孝友乡人信；
癖在风骚艺苑传。
（清代洪昇句，王建华书）

【解析】句出清代洪昇《稗畦集》之《赠朱近庵进士》诗。行兼孝友：品行兼有对父母孝顺与对兄弟友爱。乡人信：得到乡人的信任与推崇。癖在风骚：对《风》《骚》癖好。

"风"指《诗经》里的《国风》，"骚"指屈原所作的《离骚》，后以泛称文学。艺苑传：艺文坛苑中传扬着声名。

匾额二十三：慕在百世

（集《曹全碑》《乙瑛碑》字）

【解析】慕在百世：意为洪氏宗祠的建立能够让洪氏家族的美名世世代代受到追思、仰慕。

楹联十：

五仁颂德垂遗爱；
诸史逢源始会通。
（清代丁立中句，周俊杰书）

【解析】句出丁立中《西溪怀古诗》卷下《西溪怀洪载之》诗。五仁：仁、义、礼、智、信五种仁德。颂德：歌颂功德。垂遗

爱：对后世遗留仁爱。诸史：各种史书。逢源：此指对诸史皆能追本溯源。始会通：才能够融会贯通。

匾额二十四：发扬盛美

（集《泰山金刚经》《王基碑》《樊敏碑》《西狭颂》字）

【解析】语出明代王守仁《王文成公全书》卷二十五外集七《谥襄惠两峰洪公墓志铭》："公子尝以公之墓铭见属，曾不能发扬盛美。兹公之葬，又不能奔走执绋，驰奠一觞。"意在宣扬洪钟的美善。

匾额二十五:辎轩集韵

（集《张猛龙碑》《安乐王墓志》《惠感造像》《李璧墓志》字）

【解析】"辎轩"为古代使者之车，后用于代称古代使臣。绍兴十三年（1143），洪皓与朱弁、张邵得以从金国还宋，因感慨颇多而有许多酬唱，有《辎轩唱和集》，后被收录至洪适《盘洲文集》中，匾额故名。

匾额二十六：博学宏词

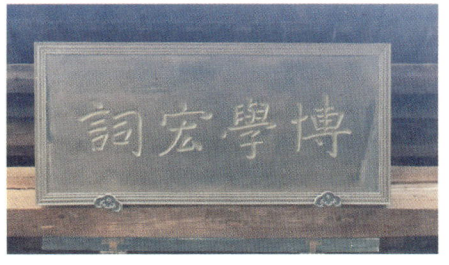

（集《龙藏寺碑》、褚遂良字）

【解析】博学宏词是用来选拔学问渊博、文词卓越者的科举考试制科，始于唐开元中，迄于宋末，洪适、洪遵、洪迈三人都曾中博学宏词科。《宋史·洪遵传》："洪遵，字景严，皓仲子也。……与兄适同试博学宏词科，中魁选，赐进士出身。"

匾额二十七：灵明不昧

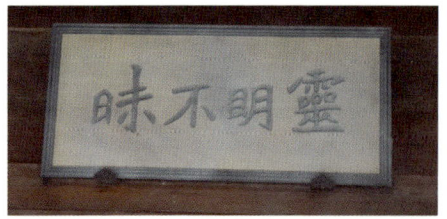

（集《元倪墓志》《石婉墓志》
《李璧墓志》字）

【解析】灵明：明洁无杂念
的思想境界。不昧：不蒙昧。灵明
不昧指人的心灵通达不昏昧。

匾额二十八：孝廉

（集《曹全碑》字）

【解析】孝廉原为汉代选拔
官吏的两种科目：孝指孝子，廉指
廉洁之士。后来被举荐的人也称为
"孝廉"，明清两代，"孝廉"则
成为对举人的称呼。

楹联十一：

凌云天上悬词赋；

霁月人间见性情。

（清代洪昇句，王义骅书）

【解析】句出
清代洪昇《稗畦集》
之《哭陈其年检讨》
诗。凌云：直上云
霄，比喻诗文超俗绝
尘。南北朝江淹《别
赋》："赋有凌云
之称，辩有雕龙之
声。"词赋：词和赋
的合称，泛指诗文。
霁月：雨后的明月。
比喻开朗的胸襟。
《宋史·周敦颐传》："胸怀洒落，
如光风霁月。"性情：此指率真的心
性、情怀。

匾额二十九：慈训

（集褚遂良、欧阳询字）

【解析】宋洪适《盘洲文
集》："澹津之基，发自慈训，前
岁归里，始获肯堂。"慈训：父母
的教诲。

楹联十二：

琴樽偕弟妹；
几杖奉尊慈。

（清代洪昇句，丁申阳书）

【解析】出自清代洪昇《稗畦续集》之《重过虞氏水香居示季弟》诗。琴樽：亦作"琴尊"，即琴和酒樽，都是文士悠闲生活用具。偕弟妹：偕同弟妹。几杖：坐几和手杖，都是老者所用，古常用为敬老者之物或借指老人。《礼记·曲礼上》："谋于长者，必操几杖以从之。"书写者将"几"误写为"幾"。奉尊慈：尊慈是对自己母亲的敬称，奉尊慈即为尊奉母亲。

匾额三十：明良

（集唐寅、颜真卿字）

【解析】出自明代王守仁《王文成公全书》卷二十五外集七《谥襄惠两峰洪公墓志铭》："公以雄特之才，豪迈之气，际明良之会，致位公孤。"明良：谓贤明君主和忠良臣子，是臣子之才有用武之地的好境遇。《尚书·益稷》："元首明哉，股肱良哉，庶事康哉！"

匾额三十一：博洽

（集欧阳通、虞世南字）

【解析】出自《宋史·洪迈传》："迈兄弟皆以文章取盛名，跻贵显，迈尤以博洽受知孝宗，谓其文备众体。"博洽意为学识广博。

匾额三十二：棣华竞秀

（集黄庭坚、智永、苏轼字）

【解析】语出清代吴祖枚《西溪联吟》之《神道路》："棣华竞秀芳千古，桑梓咸沾庇五方。"棣华意为兄弟，出自《诗经·小雅·常棣》："常棣之华，鄂不韡韡。凡今之人，莫如兄弟。"竞秀：此指兄弟并皆优秀。

楹联十三：

伟望巍峨，缥缈并匡庐而加峻；

恩波洋溢，具区同彭蠡以增深。

（清代洪昇句，
叶鹏飞书）

【解析】出自清代洪昇《集外集》之《阙题》文。伟望：此指高伟之地势。巍峨：高大耸立的样子。缥缈：此指太湖西山之缥缈峰。匡庐：指江西的庐山，相传殷周之际有匡俗兄弟七人结庐于此，故称。南朝宋慧远《庐山记略》："有匡俗先生者，出殷周之际，隐遁潜居其下，受道于仙人而共岭，时谓所止为仙人之庐而命焉。"加峻：十分高峻。恩波：恩泽。洋溢：荡漾，流溢。具区：今太湖。《周礼·夏官·职方氏》："东南曰扬州，其山镇曰会稽，其泽薮曰具区。"彭蠡：今鄱阳湖。《汉书·地理志上》："彭蠡，泽名，在彭泽县西北。"增深：增加深度。

匾额三十三：代袭组圭

（集《华山神庙碑》字）

【解析】代袭组圭：谓子孙代代承袭先人的官爵。组圭：圭（珪）是组带及玉制符信，即古代贵官的服饰器物，代指官爵。明代宋濂《送黄仲恭赴官余姚序》："士君子非以传圭袭组为难，能世其德业为难。"

匾额三十四：千秋宗牒

（集欧阳通、虞世南、智永字）

【解析】宗牒：宗族的谱牒。千秋宗牒意为宗族谱牒世代传承千年之久。

匾额三十五：松漠堂

（集《张表碑》、顾蔼吉、《华山神庙碑》字）

【解析】因洪皓著有《松漠纪闻》，故名。北齐魏收《魏书》卷一百载："契丹国，在库莫奚东，异种同类，俱窜于松漠之间。"后以"松漠"作为辽金契丹女真的代称。洪皓《松漠纪闻》记载了出使金国期间随笔纂录的金国杂事，论述了北方女真人的族源、历史发展及其与中原王朝辽、西夏的关系，记述了北方少数民族的物产和生产情况，还记述了女真人接受汉文化的情况，具有很高的史料价值。

楹联十四：

身窜冷山，万死竟回苏武节；
魂依葛岭，千秋长傍鄂王坟。

（李卫撰，沈浩书）

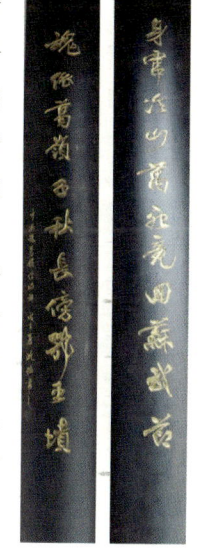

【解析】清代名臣李卫重修西湖葛岭下之洪忠宣公（皓）祠并撰书此联。清代梁章钜《楹联丛话》卷四载："《钱塘县志》载：'忠宣于建炎初使金，不屈，历十五年始放归，赐宅西湖葛岭后，后人因就地建祠。'我朝雍正九年，李敏达（卫）重修，并书一联云：'身窜冷山，万死竟回苏武节；魂依葛岭，千秋长傍鄂王坟。'"身窜冷山：窜为放逐、流放，冷山是金国陈王完颜希尹

（兀室）的部族领地。建炎三年（1129）五月，洪皓等人奉宋高宗命启程出使金国求和，因不屈服于金人的淫威拒不投金而被流放冷山十五年之久。万死：形容冒死多次。竟回苏武节：谓终于像苏武持节归汉一样回到宋朝。苏武节，指苏武出使匈奴时所持的符节，后用作忠臣的典故。魂依葛岭：指洪皓自金国归来以后受赐建魏国公府于杭州葛岭，亦于此寿终。长傍鄂王坟：谓洪忠宣公祠永远依傍着葛岭另外一端栖霞岭的岳坟。此指忠臣相伴长眠，忠魂长留杭州。鄂王，岳飞死后被追封"鄂王"。

匾额三十六：经义阁

（集赵孟頫、《高贞碑》字）

【解析】经义：经籍的义理。

楹联十五：

春祀秋尝遵礼教；
左昭右穆序源流。

（洪氏宗谱联，卢俊书）

【解析】春祀秋尝：春祭叫祀，秋祭叫尝，春秋两次祭祀中都要以古人圣贤礼乐来祭祀，是传统礼教中祖先崇拜与宗法伦理的要求。遵礼教：遵守礼仪教化。左昭右穆：自始祖之后，左为昭、右为穆；父为昭，子为穆。排列时，大祖居中，三昭位于大祖的左方，三穆位于大祖的右方，以此来分别宗族内部的长幼次序、亲疏远近。历代祭孔时一般也采用左昭右穆的排列次序。序源流：使家族的本源与支流有序。

匾额三十七：天运灵台

（集吴大澂、邓石如字）

【解析】同洪钟别业宅院匾额四。天运：天命、命数。灵台：置放灵柩或死者遗像、骨灰盒的台座。

的名声家业留给后世之人长远的福泽。

楹联十六：

于斯谒祖，必恭必敬；
到此朝宗，同仰同钦。

（洪氏宗谱联，赵雁君书）

【解析】出自清代洪大本《余姚洪氏宗谱》卷一《楹联附》。此联大意为：大家到此来拜谒祖先、朝见宗祠要毕恭毕敬。"钦"被误写成"庆"。

匾额三十八：世泽流长

（集《校官碑》、伊秉绶字）

【解析】世泽流长：意为好

匾额三十九：干云合抱

（集颜真卿字）

【解析】语出明代王守仁《王文成公全书》卷二十五外集七《谥襄惠两峰洪公墓志铭》："干云合抱，岂岁月所能致？"原典出自《二程粹言》卷一《论学篇》："子曰：'立志。志立则有本。譬之艺木，由毫末拱把，至于合抱而干云者，有本故也。'"干云：直入云霄。合抱：两臂围拢。干云合抱：赞美洪钟如直上云霄、需双臂合抱的大树，其成就是以宏大的志向为根基。

匾额四十：云梯平步

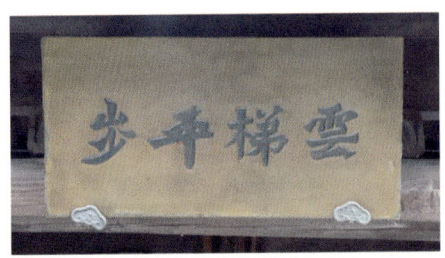

（集《杨大眼造像》、褚遂良、《始平公造像》、《一弗造像》字）

【解析】语出南宋洪迈《临江仙》："云梯知不远，平步蹑东风。"云梯：仙人登天之路，比喻仕进之路。平步：平稳地登上，比喻轻易。云梯平步则取仕途顺利之意。

楹联十七：

文采相高，不止敷辞之妙；
风流遥企，非徒顾曲之声。

（清代洪昇句，李建明书）

【解析】句出清代洪昇《稗畦续集》。文采相高：文辞与风采都高。敷辞之妙：敷陈辞藻之精

妙。风流遥企：风采、才华被后人仰望。顾曲：原指周瑜精于音乐，"曲有误，周郎顾"。后以"顾曲"指欣赏音乐、戏曲。

匾额四十一：四海文章

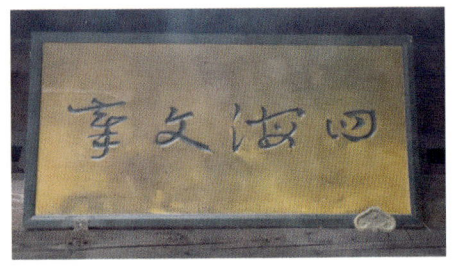

（集孙过庭、祝允明、沈粲、陆柬之字）

【解析】语出南宋洪迈《容斋三笔》卷九："一门伯仲知谁似？四海文章正数君。"意为全国各地的文章以洪迈为最。

楹联十八：

九重早见长杨赋；
一世先传短李诗。

（清代洪亮吉撰，马亦钊书）

【解析】九重：指帝王。唐李邕《贺章仇兼琼克捷表》："遵奉九重，决胜千里。"长杨赋：汉成帝刘骜于长杨宫置射熊馆，观胡人搏兽以取乐，扬雄侍从成帝观

于射熊馆后，上《长杨赋》以为讽谏，后世常用作文臣献文或臣下讽谏的典故。一世：全天下。《庄子·天地》："不拘一世之利以为己私分，不以王天下为己处显。"短李诗：指李绅的诗。《新唐书·李绅传》："为人短小精悍，于诗最有名，时号短李。"

在昆明池举办宫廷赛诗会，群臣中有上百人应制赋诗。高咏：朗声吟咏。胜佺期以同称：胜过了沈佺期而与宋之问平分秋色。沈佺期与宋之问在昆明池赛诗会上都曾以《奉和晦日幸昆明池应制》为题作诗，当时二人在诗坛是齐名的，在这首诗上则得到上官婉儿"二诗工力悉敌，沈诗落句词气已竭，宋犹健笔"的评价（出自《唐诗纪事·上官昭容》）。

楹联十九：

兰思弘文，继正平而并誉；
昆池高咏，胜佺期以同称。

（清代洪昇句，何涤非书）

【解析】句出清代洪昇《集外集》之《阙题》文。兰思：对他人文思的美称。弘文：恢弘的文采。继正平而并誉：继得祢衡的才气而名誉能够与之并驾齐驱；祢衡，字正平，是东汉末年的名士。昆池：昆明池，汉武帝于长安近郊所凿。唐中宗时曾

楹联二十：

岁月人都换；
津梁客再经。

（清代洪昇句，叶一苇书）

【解析】句出清代洪昇《稗畦续集》之《晚泊怀黄良士》。此联意为岁月已经偷偷变换，人也已经衰老变化，再次经过渡口和桥梁（津梁）时却还是身在异乡的异客。

匾额四十二：英英阁

（集饶介、怀素、吴传经字）

【解析】语出清代丁申《武林藏书录》卷中："玄孙吉臣，字载之，与弟吉辉、吉符并有文誉，时人为之诗曰：'城西有三洪，英英文字雄。'"英英则形容人俊美而有才华。

楹联二十一：

政事与文字兼优，才为第一；
高位偕永年齐备，福自骈臻。

（清代洪昇句，杨西湖书）

【解析】句出清代洪昇《集外集》之《阙题》文。政事：处理政治事务的才能。文字：写诗词文章的能力。才为第一：才能是位居首位的。高位：显贵的职位。《左传·庄公二十二年》："敢辱高位，以速官谤？"永年：长寿。《尚书·毕命》："资富能训，惟以永年。"福自骈臻：各种各样的好兆头一起到来，"骈臻"表示聚集之意。

楹联二十二：

皓公世泽家声远；
郡望辉煌洪福延。

（洪毅撰书）

【解析】此联意为洪皓的福泽使得洪氏家族的声望与辉煌绵延至今、传诵至远。

匾额四十三：美人清远

（集虞世南、王献之、董其昌、王铎字）

【解析】美人：品德高尚的人、贤人。清远：明代洪瞻祖号清远山人，清远也有形容人清明、高

远之意。

匾额四十四：妙思奇绝

（集苏轼、王羲之、康里子山、吴琚字）

【解析】此谓文章具有精妙的构思，奇特到极点。

匾额四十五：佛子风范

（集颜真卿字）

【解析】出自《宋史·洪皓传》："浙东纲米过城下，皓白守邀留之，守不可，皓曰：'愿以一身易十万人命。'人感之切骨，号'洪佛子'。其后秀军叛，纵掠郡民，无一得脱，惟过皓门曰：'此洪佛子家也。'不敢犯。"佛子风范意指由洪皓所开启的洪氏家族官时爱民如子的作风。

匾额四十六：名德相承

（集王羲之、米芾字）

【解析】出自明代王守仁《王文成公全书》卷二十五外集七《谥襄惠两峰洪公墓志铭》："自宋太师忠宣公皓始赐第于钱塘西湖之葛岭，三子景伯、景严、景卢皆以名德相承，遂为钱塘望族。"意为洪氏家族的子弟相互承扬名声和德行。

匾额四十七：德之惟馨

（集智永、钟繇字）

【解析】出自清代洪蚁《重修忠宣公祠禀帖》。德之惟馨，意为美德才是芳香清醇的。《尚书·君陈》："至治馨香，感于神明。黍稷非馨，明德惟馨。"

楹联二十三：

肝胆向人终见嫉；
文章玩世欲成癫。

（朱廷铵句，何来胜书）

【解析】肝胆向人：肝胆照人，形容用赤诚之心待人。唐代顾况《杂曲歌辞·行路难三首》："一生肝胆向人尽，相识不如不相识。"见嫉：被人所嫉恨。文章玩世：文章藐视礼法、纵逸不羁；"玩世"意为轻视一切世事，桀骜不驯。成癫：发展成癫狂之态。

楹联二十四：

边备万屯擐甲胄；
功成四省息干戈。

（清代丁立中句，吴颐人书）

【解析】出自清代丁立中《西溪怀古诗》卷上《西溪山庄怀洪襄惠公》。边备万屯：在边界驻军防守数万，驻军开垦田地，指洪钟负责在顺天府巡视城防工作期间主张修建燕蓟长城的事迹，认为"置关堰内，守以百人，使寇不得驰突，可免京师北顾忧，且得屯种河堧地"（出自《明史·洪钟传》）。擐甲胄：躬擐甲胄，亲自穿上铠甲和头盔，指亲自指挥。功成四省：指洪钟在陕西、河南、四川、湖广四省总领军务、平定战乱的事迹。息干戈：平息了战争，干戈即干与戈，常用于比喻战争。

楹联二十五：

芝兰松柏由来合；
钟鼎山林自此分。

（清代洪昇句，陈必武书）

【解析】出自清洪昇《稗畦集》之《送陆冠周擢第南还》诗，是洪昇送给科举考试及第的友人陆寅的诗。芝兰：芝草和兰草都是香草名，古时比喻有出息的子弟。《晋书·谢安传》："譬如芝兰玉树，欲使其生于庭阶耳。"松柏：松树与柏树，比喻有优秀节操的人。由来合：从来都是相合的。钟鼎山林：比喻富贵和隐逸，即在朝为官和隐于山林。南宋辛弃疾《临江仙·再用韵送祐之弟归浮梁》词："钟鼎山林都是梦，人间宠辱休惊。"自此分：从此就有了分别。

楹联二十六

佳唱连篇，岂徒春草之什；
清文多丽，非仅梅花之篇。

（清代洪昇句，黄寿耀书）

【解析】句出清代洪昇《集外集》之《阙题》文。佳唱连篇：优秀的诗词一篇连着一篇。南宋洪迈《容斋随笔》："有'命妇羞苹叶，都人插柰花''禁兵环素帟，宫女哭寒云'之句，可谓佳唱，而略无一首存于今。"春草之什：咏颂春草的篇什。清文多丽：清新俊雅的诗文富含丽彩。梅花之篇：咏颂梅花的篇什。春草和梅花都是古代诗词中常见的意象，如陈寅恪在《柳如是别传》所说："夫古来赋咏梅花之篇什甚多，其以梅花比美人者，亦复不少。"

厉杭二公祠

　　厉杭二公祠的二公就是厉樊榭（厉鹗）和杭世骏。厉鹗（1692—1752），字太鸿、雄飞，号樊榭、南湖花隐，世称樊榭先生，浙江钱塘人，是雍乾间著名诗人。他崛起于"清初六大家"之后，"乾隆三大家"之前，在清诗史上有着独特的地位，既是狭义浙派的奠基人，又是广义浙派中一个时期的代表人物。杭世骏（1696—1772），清代学者。字大宗，号董甫，浙江仁和（今杭州）人。乾隆时举博学鸿词科，授编修，因主张"朝廷用人，宜泯满、汉之见"，罢归。晚年主讲粤东、扬州书院。学识渊博，长于史学及小学，曾受命校勘《十三经》《二十四史》。其诗多写景记游及酬赠之作，也能文，著有《诸史然疑》《三国志补注》《续方言》《道古堂文集、诗集》等。

　　交芦庵的东侧有三间客舍，客舍后面和东面是一大池塘，塘上搭一座三间门面的水阁楼，即厉（厉鹗）、杭（杭世俊）二公祠。厉杭二公祠始建于清代，屡建屡毁，最后一次重建是在1932年，祠内碑文由马叙伦撰写、余绍宋书写。据村民回忆，此祠构筑颇考究，前有一台门，台门内有天井，正屋全是落地雕花门扇。祠内有一联："丈室花同天女散；摩围诗共老人参。"原为王述庵撰写。祠内立一碑，上刻马叙伦撰文余绍宋书写的碑文。二公祠后有一楹小阁楼，面对荷塘，是夏日赏景的好去处。如今的厉杭二公祠与交芦庵一起在西溪湿地综保工程二期中得以修复，按照史载信息基本准确地复原于原址东面。

匾额一：厉杭二公祠

【解析】纪念厉樊榭（厉鹗）和杭世骏的祠堂。

匾额二：雅聚

（夏有祥书）

【解析】是原厉杭二公祠的匾额之一。雅聚，亦作雅集，指古代的文人墨客齐聚一堂，以诗会友、吟诗作对的风雅场景。

楹联一：

丈室花同天女散；
摩围诗共老人参。

（清王昶题）

【解析】据清代梁章钜《楹联丛话》卷十二记载："厉樊榭先生（鹗）葬于杭州西溪王家坞，不久，遂为榛莽。后四十余年，何春渚（琪）游西溪，见草堆中有樊榭及姬人月上栗主在焉，因取归，偕同人送至武林门外牙湾黄山谷祠中，扫洒一室以供之。按：月上姓朱氏，乌程人。王兰泉先生题其楹云：'丈室花同天女散；摩围诗共老人参。'"丈室：佛教语。《维摩诘经》中相传毗耶离（在中印度）维摩诘大士以称病为由，与前来问疾的文殊等讨论佛法，妙理贯珠，其卧疾之室虽一丈见方而能容纳无数听众。花同天女散：指天女散花，花即华，本以花是否着身验证诸菩萨、声闻的向道之心，声闻结习未尽，花即着身。《维摩经·观众生品》："时维摩诘室有一天女，见诸大人闻所说说法，便现其身，即以天华散诸菩萨、大弟子上，华至诸菩萨即皆堕落，至大弟

摩围诗共老人参
丈室花同天女散

子便著不堕。一切弟子神力去华，不能令去。"摩围：摩围山有佛教的千手观音和送子观音，曾为中国古代佛教名山，加之地处古黔州和唐代黔中道，许多历史名人都曾在这里留下跋涉的足迹和优美的诗篇，例如唐代白居易："摩围山下色，明月峡中生。"唐代诗人刘禹锡还曾写下"常说摩围似灵鹫，却将山屐上丹梯"，把摩围山与如来佛的灵鹫山相比拟；北宋诗人黄庭坚谪居黔州期间，浸润在摩围山的山色中，更是自号"摩围老人"，写下"今宵无睡酒醒时，摩围影在秋江上"的诗句。

匾额三：文采风流

（集朱家济字）

【解析】横溢的才华与潇洒的风度，亦指才华横溢与风度潇洒的人物。唐代杜甫《丹青引赠曹将军霸》诗："英雄割据虽已矣，文采风流今尚存。"

楹联二：

礼佛为人真道德；
通经博学大文豪。

（陈其良撰，
赵雁君书）

【解析】礼佛：拜佛。通经博学：广博又精通经典文献，形容人学识渊博。此联赞扬厉鹗和杭世骏两位名士的道德为人和满腹博学。

匾额四：漾波

（来仲棣书）

【解析】水波荡漾。

匾额五：摇曳

（刘兵书）

【解析】水波晃动。

匾额六：戏鸥

（周全书）

【解析】鸥在水中嬉戏。

蒋相公祠与牌坊

　　蒋相公是古代杭州及蒋村的慈善家，其义举令后人尊敬。据《下城今古钩成》介绍蒋崇仁，排行第七，人呼蒋七郎，先祖世居西溪蒋村。宋时，蒋氏兄弟以力耕致富，徙迁城内嘉新坊。崇仁性醇厚，喜赈施，里人感其德，居住处遂取名七郎堂巷（今祖庙巷）。弟八郎曰崇义、九郎曰崇信，皆惇孝友，好善事。建炎初，高宗南渡，定临安（今杭州）为京都，居民阗溢，食米易匮。嘉新坊近盐桥，桥下舟航频繁，桥上商贾辐辏，面对人口骤增粮食不足之状，崇仁预困备荒之策，乃仿常平仓法，于每岁秋时广籴米谷囷贮于桥边七宝寺巷（今长庆街道），遇岁末歉则以初价粜之，凡有告籴者，计所鬻钱偿之数，任其自持，故有"蒋自量"之誉。若岁大歉，且为淖糜以活饥民，远近获济者不可数计。三兄弟相继为善六十余年，寿终之日，民间奔走号泣，不忘其德，乃立故居为祠，私奉号"蒋相公祠"。淳熙间，更立庙于盐桥，易旧祠曰祖庙（即今祖庙巷由来），咸淳三年（1267），临安尹潜说友奏于朝，请赐庙额、谥号。度宗降敕赐庙额曰"广福"，追封蒋崇仁为孚顺侯、弟弟崇义为孚惠侯、崇信为孚佑侯，并主为土谷（地）神。

蒋相公祠与牌坊·蒋相公祠

匾额一：蒋相公祠

【解析】蒋氏三兄弟的祠堂。

楹联一：

扬名已许严高士；
立德当如蒋自量。

（萧立峰撰，鲍贤伦书）

【解析】严高士：东汉名士严子陵，浙江余姚人，严子陵不慕富贵，不贪名利，东汉光武帝曾多次派人征召严子陵为谏议大夫，均被其婉拒之，隐居富春江一带，终老于林泉间；被后世传颂为不慕权贵、追求自适的榜样。蒋自量：蒋相公，南宋蒋村蒋氏兄弟崇义、崇

信笃行兄志，力行好事，每逢灾年捐钱济民，并让买米的乡亲持斗自量，人称"蒋自量"。南宋潜说友《咸淳临安志》卷七三："杭州盐桥有广福庙，神姓蒋，世为杭人，生建炎间。乐赈施。每秋成，籴谷预储，贵则贱粜如原价，岁歉或捐以予饥者。死之日，嘱其二弟存仁心行好事。里人相与祠其像以报。人心所趋，灵应如响，祈卜者肩相摩。咸淳初赐庙额曰'广福'。"

匾额二：今古传奇

【解析】指今蒋相公为古之传奇人物。

楹联二：

古人原是今人扮；
假事莫当真事传。

（马耀栋撰，章建明书）

【解析】指戏曲中古人俱为今人所扮，而剧情出自编造，也不要视为真有其事。

匾额三：厚德堂

（郭学焕书）

【解析】堂号名，取厚德载物之意。

楹联三：

德润四方，布衣何逊将相；
功传千古，仁爱永存光芒。

（钱法成撰书）

【解析】意指蒋氏三兄弟为仁乡里，虽出身平民，但所取得的功绩为百姓历代称颂并得到后人传承，良好风气传播四方，有不亚于王侯将相的影响。

匾额四：仁义流芳

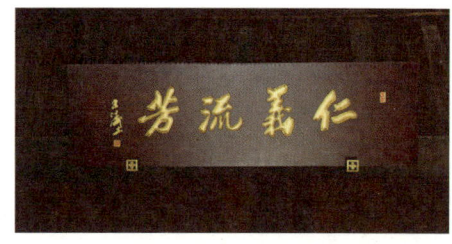

（宋涛书）

【解析】意指蒋氏三兄弟为乡民所作的贡献为后人铭记并流传。

楹联四：

斯是仪型，当仁自古有不让；
遂成风气，见义至今争勇为。

（王翼奇撰书）

【解析】仪型：典范、楷模之意。明代薛蕙《送杨石斋》诗："事业存钟鼎，仪型照简编。"当仁自古有不让：当即面对，仁即正义之事。《论语·卫灵公》："当仁不让于师。"

后以"当仁不让"表示应做之事就应积极主动去做，不能推托。风气：风尚习俗，指蒋氏兄弟在社会上形成的良好风尚。见义至今争勇为：遇到合乎正义的事，就争着奋勇地去做。《论语·为政》："见义不为，无勇也。"

匾额五：雅量高致

【解析】气度宽宏，情致高雅。《三国志·吴志·周瑜传》："惟与程普不睦。"裴松之注引西晋虞溥《江表传》："（蒋）干还，称瑜雅量高致，非言辞所间。"

楹联五：

乐善好施，同心济
  美；
春尝秋荐，奕代铭
  功。

（吴亚卿撰，顾亚龙书）

【解析】乐善好施：

乐于行善，喜好施舍。《史记·乐书》："闻徵音，使人乐善而好施；闻羽音，使人整齐而好礼。"同心济美：同心协力继承先人志业，使美好的东西发扬光大。《左传·文公十八年》："世济其美，不陨其名。"春尝秋荐：指祭祀。《礼记·祭义第二十四》："是故君子合诸天道，春禘秋尝。"奕代铭功：累世累代地铭记功劳。

匾额六：甘雨随车

【解析】三国吴谢承《后汉书》："百里嵩字景山，为徐州刺史。境旱，嵩出巡处，辄甘雨辄澍。东海、祝其、合乡等三县父老诉曰：'人等是公百姓，独不迁降。'回赴，雨随车而下。"后因以"甘雨随车"比喻德政广被。

楹联六：

崇仁崇义崇信，传家有道皆
  崇德；

167

自律自尊自清，取谷可风蒋自量。

（戴盟撰，章平书）

【解析】指西溪蒋村蒋崇仁、蒋崇义、蒋崇信三兄弟在建炎初期，高宗南渡，定都临安（今杭州），遇到居民人口激增，粮食匮乏和粮食歉收，崇仁不仅济米于贫民，还献粮给朝廷。蒋公过世后，崇义、崇信笃行兄志，力行好事。每逢灾年捐钱济民，并让买米的乡亲持斗自量，人称"蒋自量"。意指蒋氏三兄弟的流芳事迹成为后人效仿的典范。

匾额七：三业清静

【解析】三业：佛教语。指身业、口业、意业。清静：纯正恬静。

楹联七：

小卧何妨名利淡；
闲斟但看水云空。

（陈春燕撰，来一石书）

【解析】意指推崇蒋氏三兄弟淡泊名利、自在云水的悠然意识。

匾额八：积贤为道

（高挺书）

【解析】西汉董仲舒《春秋繁露·通国身》："治身者以积精为宝，治国者以积贤为道。"此处意为积聚贤德为正确的做人之道。

楹联八：

望孚敦百众；
思顾慰三公。

（萧奇光撰，陈大中书）

【解析】望孚敦百众：深孚众望，指蒋氏三兄弟使百姓非常信服，享有很高的威望。思顾慰三公：思顾即思念、怀念；指百姓的怀念足以告慰蒋氏三兄弟。

匾额九：心泰身宁

（蒋频书）

【解析】出自唐代白居易《重题》："心泰身宁是归处，故乡何独在长安。"意为从内心到外表都沉着冷静、淡定从容，平定安宁。

蒋相公祠与牌坊·蒋相公牌坊

匾额一：惠和

【解析】仁爱和顺。出自《左传·昭公四年》："纣作淫虐，文王惠和，殷是以陨，周是以兴，夫岂争诸侯！"

匾额二：德声永葆

（蔡云超书）

【解析】仁德的声誉永远保持。

楹联一：

想图容周旦，仁惠是孚，至
　德同班天汉秩；
对经岁常旗，烝尝勿替，清
　芬犹颂义兴恩。

（钱伟强撰，蒋北耿书）

【解析】周旦：周公旦，西周政治家，是蒋姓的始祖。仁惠：仁爱贤惠。是孚：为人所信服。班天汉秩：指位列仙班。常旗：诸侯旗帜，此指灵幡，语出《周礼·春官·司常》："日月为常，交龙为旗……王建大常，诸侯建旗。"烝尝勿替：烝尝，指秋冬二祭，后泛指祭祀。勿替，不要以其他形式替代。清芬：喻高洁的德行。西晋陆机《文赋》："咏世德之骏烈，诵先人之清芬。"义兴：指宜兴，是蒋姓的发祥地。

匾额三：真惇

【解析】真挚惇厚。

匾额四：襄义衍福

（修缘书）

【解析】襄扬义气，衍泽福气。

楹联二：

勋烈不随泥马去，
溪山长与饩羊存。

（钱之江撰，骆恒光书）

【解析】勋烈：功业，功勋。泥马：用泥土捏塑成的马，旧时常置于庙寺之侧。溪山：山川河流小溪，即自然风光。饩羊：古代用为祭品的羊。《论语·八佾》："子贡欲去告朔之饩羊。子曰：'赐也，尔爱其羊，我爱其礼。'"

民间文化

文坊、武坊

　　文坊位于福堤的天目山路入口处，武坊位于福堤的文二西路入口处，是福堤文化之旅之始。福堤是一条以生态为基调、以科普为特色的文化长堤，在南北方向上贯穿着整个西溪国家湿地公园，串联了高庄、曲水庵等众多西溪湿地二期的主要景点。

文坊

匾额一：文坊

【解析】颂文之牌坊。

匾额二：菁华大启

（正越书）

【解析】出自清代俞荫甫太史为杭州吴山新建仓颉祠撰联："上溯羲皇画八卦时，文字权舆，秦而篆，汉而隶，任后来缣素流传，不外六书体例；高踞吴山第一峰顶，川原环抱，江为襟，湖为带，看从此菁华大启，振兴两浙人材。"菁华：精华，意为事物最精粹的部分。大启：宏大的启动、开拓。

楹联一：

章惟典雅，述圣通经，气往
　当能轹古；
旨必敦诚，纠情辨理，辞来
　莫不切今。

（王其煌撰，俞建华书）

【解析】此联基本出典于南朝梁刘勰《文心雕龙》一书，该书是一本理论系统结构严密、论述细致的文学理论经典专著。章惟典雅：出自南朝梁刘勰《文心雕龙·颂赞》"原夫颂惟典雅，辞必清铄，敷写似赋，而不入华侈之区"一句，意为"颂"的写作追求雅正美好，章惟典雅指文章的写作追求作品审美意旨的雅正。述圣通经：出自《文心雕龙·论说》"至石渠论艺，白虎通讲，述圣通经，论家之正体也"一句，意为称述孔圣人、精通儒家经学。气往当能轹古：出自《文心雕龙·辨骚》"故能气往轹古，辞来切今，惊采绝艳，难与并能矣"，下联中的"辞来莫不切今"也出典于此，意为文章的气势、气概等超越古人、贯穿古今。旨必敦诚：文章主旨必要敦厚诚挚。纠情辨理：辨理出自《文心雕龙·宗经》"《春秋》辨理，一字见义"一句，意为辨析义理、说明道理；纠情则与其形成对仗，意为纠明情义。

楹联二：

目醉心驰，看春水凫鹥，秋风芦荻；
户盈市列，有河中鱼蟹，渚上笋茶。
（尚佐文撰，夏有良书）

【解析】此联赞叹西溪湿地的自然风光与农业景观。上联意为看着春水中的凫鹥在嬉游，秋风中芦荻花在迎风摇曳。下联意为市场上、百姓家中有着琳琅满目的河中鱼和蟹、水洲中生长的笋与茶，形容物产之丰富。户盈市列：语出柳永《望海潮》词"市列珠玑，户盈罗绮"之句。

武坊

匾额一：武坊

【解析】颂武之牌坊。

匾额二：精诚大邈

（吕迈书）

【解析】专精，诚挚，宏大，高远。

楹联一：

蒹葭棹聚，薄暮开渔市；
河渚声高，微曦赶早茶。
　　　　（钱法成撰书）

【解析】此联意为划着舟棹在荻草与芦苇生长的地方集聚捕鱼，傍晚时分回到岸上开起渔市；在河渚街上人声高喧，原来是百姓在晨光微曦中赶着喝早茶。

楹联二：

且留连，品咸茶、饮浊酒；
休错过，听越曲、看龙舟。
　　　　（胡小孩撰，李文采书）

【解析】此联描绘西溪湿地内的民俗活动。在西溪湿地流连，不要错过"吃咸茶""吃龙船酒"的饮食习俗与"听越剧""看龙舟胜会"的文化习俗。

高庄码头

　　位于高庄南入口。高庄原遗址四面环水，舟陆皆通，相传康熙皇帝南巡时就独与高士奇泛小舟至西溪山庄，此牌坊可能是在纪念这一事迹。

匾额一：高庄码头

　　【解析】来高庄的舟船停靠之处。

演武场

　　蒋村是河渚一带最兴盛的集市。蒋村之名，始于南宋（南宋《咸淳临安志》卷三十《市里》有记载）。南宋时，属钱塘县崇化乡蒋村里，经元、明，直到清代均未变。又据传说，有蒋姓村民由太湖流域随渔船南下，经运河进入西溪境内，捕鱼为生，并开垦荒地，在河渚一带定居下来。相传宋代蒋相公三兄弟后裔就是河渚的先民，蒋氏逐渐繁衍成一大姓，并以蒋姓命名村坊。蒋村到明末清初形成农村贸易集市。清代，蒋村建制为市。

　　与此同时，以杭州师范大学教授、浙江省水浒研究学会会长马成生先生为代表的专家们近年来研究认为，《水浒传》小说的孕育地疑为西溪一带，《水浒传》作者施耐庵是杭州人，书中所描述的地理环境与杭州西溪一带相似，景物特征、语言特色都有浓浓的杭州影子，蒋村亦有小梁山地名。因此，西溪湿地综保工程二期复建集市和渔市，并建比武擂台和船拳表演地，可以在比武擂台上观看"十八般武艺"这一明代洪钟告老还乡时所创造并流传至今的非遗文化，在水荡边观看船拳，作为弘扬西溪武术文化的平台和基地。场地现已开辟为西溪水浒文化展示馆。

匾额一：演武场

（卢匡衡书）

【解析】演练武术之地。

楹联一：

依古荡溪汀，镕忠钧义；
象梁山星曜，修陈厉兵。

（常治国撰书）

【解析】溪汀：汀字最早字形见于《说文》小篆，本义是水平，后引申为水边平滩。溪汀则指古荡的地形。镕忠钧义：镕钧意为熔铸金属的模具和制作陶器所用的转轮，语出《汉书·董仲舒传》："夫上之化下，下之从上，犹泥之在钧，唯甄者之所为；犹金之在熔，唯冶者之所铸。"镕忠钧义则喻忠义如火炼般坚固。星曜：星宿，命盘中各种星的总体称呼，或简称星或辰，此处指古典小说《水浒》中梁山好汉一百单八将，分别为三十六天罡、七十二地煞，都是中国传统的星宿名。修陈厉兵：指准备作战或比赛。此处之陈同"阵"，读zhèn。《左传·成公十六年》："蒐乘补卒，秣马利（厉）兵，修陈固列，蓐食申祷，明日复战。"

匾额二：德艺周厚

【解析】语出北齐颜之推《颜氏家训·名实》："德艺周厚，则名必善焉。"即德行和才艺圆满笃实。

楹联二：

渔者武人皆姓蒋；
山村水泊亦名梁。

（魏君杭撰，谢纬书）

【解析】指蒋村族人历代在打鱼之余存尚武习俗，可类比《水浒》传中水泊梁山的英雄好汉。

匾额三：静心悟动

【解析】静心：使心灵安定宁静，安定心神。悟动：在动中领悟。

楹联三：

博古会当鉴今是；
观书何问捻花谁。

（谷向阳撰书）

【解析】博古：通晓古代的事情。东汉张衡《西京赋》："有凭虚公子者，心奓体忕，雅好博

古，学乎旧史氏。"会当：该当，当须。鉴今：深入透彻地了解现实世事。观书：读书。捻花：拈花，出自宋释普济《五灯会元·七佛·释迦牟尼佛》："世尊在灵山会上，拈花示众，是时众皆默然，唯迦叶尊者破颜微笑。"比喻会心。

楹联四：

演自无关利禄情，为乡邦，
　　为黎庶；
武应有属功名事，成义士，
　　成荩臣。

（王其煌撰，卢匡衡书）

【解析】利禄：财利荣禄。乡邦：同乡的人。黎庶：民众。功名：功名。义士：有节操、情操的或有武士风度的人。荩臣：原指帝王所进用的臣子，后指忠诚的臣子。《诗经·大雅·文王》："王之荩臣，无念尔祖。"此联为嵌名联，将演、武二字镶嵌于上下联。

楹联五：

好武艺降龙伏虎；
大文章博古通今。

（周绍辉撰，谢盛亮书）

【解析】要武术全才：文能写博古通今之大文，武能具降龙伏虎之高艺。

楹联六：

莫挟尘嚣临水浒，
且留妙句赠芦花。

（黄有韬撰）

【解析】上联意为，不要挟带着尘世的喧嚣到深山水浒之地；下联意为，且留下诗词的好句赠给芦花飞雪的西溪美景。

楹联七：

凛凛威风人尚武；
堂堂正气剑如虹。

（王翼奇撰书）

【解析】凛凛威风：威风凛凛，指声势气派壮大。人尚武：人们崇尚勇武。堂堂正气：浩然的气概和刚正的气节。剑如虹：剑气如虹，形容这里尚武崇德之浩气。

楹联八：

习文韬，斯文得继；
精武略，我武惟扬。

（钱明锵撰，愚山人书）

【解析】文韬武略：指文有计谋，武有策略，文武双全。《六韬》《三略》是古代的兵书，后来称用兵的计谋策略叫韬略。斯文得继：文化得以继承。我武惟扬：形容威武凌厉，奋发向上的样子。《尚书·泰誓中》："今朕必往，我武惟扬，侵于之疆，取彼凶残，我伐用张，于汤有光。"

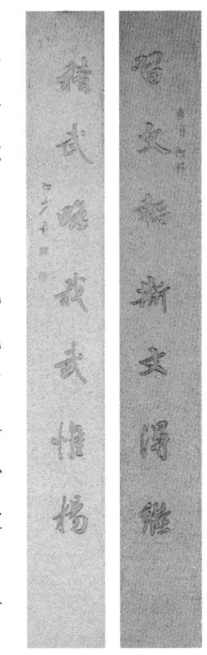

楹联九：

北腿南拳除恶逆；
挥戈司剑保黎民。

（宋涛撰书）

【解析】北腿南拳：是中国传统武术文化的简称，南拳为中国南方各地拳术的统称，其特点是步稳、拳刚、势烈，北腿则是因为北方拳术的腿法出众。恶逆：奸恶逆乱。挥戈司剑：挥动武器，形容勇猛进军。黎民：民众、百姓。

楹联十：

男儿本色文兼武；
水泽真容刚济柔。

（王其煌撰，夏鸿海书）

【解析】男儿：男子汉大丈夫。水泽：此指西溪湿地之溪流遍布。联意指就像男子汉本色之文武兼备，西溪湿地的真实面貌正是刚柔并济。

龙舟胜会

　　为西溪"三堤十景"之一。相传清乾隆帝南巡江南，曾在西溪观赏龙舟，欣而口谕"龙舟胜会"。2008年，五常龙舟胜会作为民俗类端午节组成部分，入选第一批国家级非物质文化遗产扩展项目名录。现在景区内有长廊可看"闹龙舟"的盛况，有"龙舟文化展"可观龙舟文化源远流长。

匾额一：韵含水石

（集《李璧墓志》等字）

【解析】语出清代吴本泰《西溪梵隐志》卷三《纪诗》前言："今汇采诸咏，代无问古今，人无问显晦，为游览、为赠送、为唱酬、为感慨，一属西溪，则无不语带烟霞，韵含水石。"意为写西溪湿地的诗词都带着水石清奇的韵味。

楹联一：

处处舟依芦港宿；
家家门对竹溪开。

（清代姜图南句，章建明书）

【解析】句出清代姜图南《过秦亭山》诗（收录于《西湖志纂》卷十）："秦亭斜日独徘徊，小艇初从河渚来。处处舟依芦港宿，家家门对竹溪开。"此联描写了小舟渔艇、芦苇港汊、水上人家、竹林小溪等西溪湿地的景致。

楹联二：

当路游丝萦醉客；
隔花啼鸟唤行人。

（北宋欧阳修句，朱永灵书）

【解析】句出清代洪昇《长生殿》第五出《禊游》中转引之北宋欧阳修《浣溪沙·湖上朱桥响画轮》词："你看香尘满路，车马如云，好不热闹也。正是：'当路游丝萦醉客，隔花啼鸟唤行人。'"此联意为路上昆虫所吐的丝萦绕着沉醉于春景的游客，鸟儿也在花丛中啼鸣、呼唤着行人不要离开这美好的春景。

楹联三：

有屋尽从梅里出；
无泉不自竹间来。

（清代胡介句，郑翰献书）

【解析】句出清代胡介《西溪竹枝词》。此联描写了西溪湿地中竹溪饶梅、梅香饶屋的景致。

楹联四：

数盏村醪春月；
半肩行李烟云。

（清代洪昇句，胡小罕书）

【解析】句出清代洪昇《集外集》之《满江红·送沈通声之东门》词。村醪：村酒。唐代司空图《柏东》诗："免教世路人相忌，

逢著村醪亦不憎。"全联言行人于春夜月色中饮村酒后肩背着行李又走向烟云缭绕的征途。

楹联五：

芦花两岸白于雪；
溪水一湾清到门。

（明代朱楗句，谢有才书）

【解析】句出明代朱楗《秋雪庵》诗。此联意为在西溪湿地深处，有着白胜于雪的芦花、清莹秀澈的溪水。

楹联六：

一声钟磬山堂静；
十亩禽鱼水府宽。

（清代吴农祥句，蒋北耿书）

【解析】句出清代吴农祥《云溪庵》诗。此联意为山堂因偶尔的钟磬声而更显得幽静，而附近的水深之处则因栖息着众多野禽和鱼类而更显宽阔。

楹联七：

樵爨晚归添宿火；
耕锄晨起簇新烟。

（洪氏宗谱诗，钟国友书）

【解析】句出清代洪朝样等《敦煌郡洪氏宗谱》卷五七《诗录》。樵爨：砍柴做饭，爨即烧火做饭。宿火：隔夜未熄的火。耕锄：耕田锄地，亦泛指农作。新烟：重新举火所生之烟。此联有日出而作、日入而息的生活气息。

楹联八：

凤楼悬彩障；
龙舸戏青春。

（清代洪昇句，邱振中书）

【解析】句出清代洪昇《稗畦续集》之《乙卯春日湖上》诗。凤楼：有飞檐的高楼，彩障：五彩的屏障。龙舸：龙舟。青春：指赛龙舟的年轻人所表现的活力。

匾额二：词家胜境

（集王羲之字）

【解析】语出清代周庆云《重建秋雪庵碑记》："则词家之

183

胜境，又非画手所能到矣。"意为西溪湿地的幽僻与野趣为写词提供了幽美的意境。

楹联九：

一百年岁月几何，仅消磨罗隐功名、向平婚嫁；
十八里溪山无恙，且依恋松楸余荫、梅竹清风。

（清代章黼撰，管峻书）

【解析】罗隐功名：罗隐（833年2月16日—910年1月26日），字昭谏，新城（今浙江杭州市富阳区新登镇）人，原名罗横，唐代诗人，大中十三年（公元859年）底至京师，应进士试，历七年不第，后来又断断续续考了几年，自称"十二三年就试期"，最终还是未能考取功名，史称"十上不第"，后改名罗隐，隐居于九华山。向平婚嫁：晋皇甫谧《高士传》记载，向长（字子平）隐居不仕，待子女男婚女嫁完毕之后，处置好家事即与同道之人共游五岳名山，不知所终，后以此典形容隐士弃家漫游。松楸余荫：松树与楸树树木枝叶广大的庇荫，比喻前辈惠及子孙的恩泽。梅竹清风：如梅花、竹子一般高洁的品格、清惠的风化。此联意为岁月只会消弭功名利禄、婚丧嫁娶等身外之物，但不会消磨溪山风景与长存人间的品格。

五常人家

　　这是体验西溪五常原生态文化的重要区域之一，生动地重现了临水而居的湿地原住民的传统民居、原汁原味的生产工具和习俗，展示了湿地乡村的传统生活方式和风情。

匾额一：适性

　　（集王羲之、王献之字）

　　【解析】语出清代洪昇《稗畦集》之《过皋园》诗："适性鱼偏乐，忘机鸟自歌。"适性：称心合意。

楹联一：

晴暄村路桑椹熟；
雨过园林竹粉微。

　　（清代洪昇句，李廷伟书）

　　【解析】句出清代洪昇《啸月楼集》之《首夏题张砥中屋壁》诗。此联意为在初夏里，村路两旁的桑葚因为晴暖的阳光而成熟了，园子中的竹也因午后的细雨洗去了身上的竹粉。竹粉：笋壳脱落时附着在竹节旁的白色粉末，一般用于形容春天刚过的初夏。

陈聚兴染坊

　　西溪蒋村的陈聚兴染坊至今已有130年历史，创业至歇业，共有五代传人：第二代传人陈学恺、第三代传人陈乃康、第四代传人陈阿昌，第五代传人陈喜柱。

　　据染坊的第五代传人陈喜柱讲述，陈聚兴染坊创业于光绪元年（1875），创业者陈寿增，字庚灿，号纪延，生于清咸丰五年（1855），祖籍河南颍川，是典型的前店后场式手工印染作坊。原有建筑面积约120平方米，除染色业务外，主要加工蓝印花布和彩色染花布，客户来自西溪地区和余杭五常一带，业务量可观时，每月蓝印花布产量约5000米之多。与江苏等地产品相比，陈聚兴染坊的蓝印花布大多是反映乡村群众美好愿望的吉祥纹样，如麒麟送子、鱼跃龙门等，质地以凉爽透气的绵绸、土布为主。西溪地区的民俗婚嫁喜桃红色吉祥图案，在陈聚兴的蓝印花布上也得到了体现。

匾额一：陈聚兴染坊

【解析】染坊名。

楹联一：

蓝天印白云，三春锦绣；
古艺传宏业，五代辉煌。

（周继勇撰，万富家书）

【解析】蓝天印白云：指在西溪、蒋村一带民间广泛流行的一种古老的手工印花织物——蓝印花布。它以蓝白两色相配，色调清新，图案淳朴，工艺简单，取材方便。三春锦绣：三春指春季三个月（农历正月称孟春，二月称仲春，三月称季春），三春锦绣指有如春天一般繁华锦簇的花纹

色彩精美鲜艳的织品。古艺：古老的技艺。宏业：宏大的事业。五代辉煌：指陈聚兴染坊创立至今已传承五代。

匾额二：经之营之

【解析】语出《诗经·大雅·灵台》："经始灵台，经之营

之。庶民攻之，不日成之。"意为经营设计善安排。

匾额三：德厚流光

【解析】指德行敦厚而散发光芒，子孙得福。语本《春秋穀梁传·僖公十五年》："天子七庙，诸侯五，大夫三，士二，故德厚者流光，德薄者流卑。"

楹联二：

五代风华人手创；
百年花雨布衣传。

（高文富撰，朱昆明书）

【解析】上联意谓传承五代的家业是手把手所创立的，下联意谓百年间的彩花纷飞都通过一块块麻布所流传，赞叹陈聚兴染坊传承之长远。

楹联三：

万里河山藏袖底；
四时花鸟出针头。

【解析】形容刺绣工艺高超，祖国山河与四季花鸟都能通过刺绣工艺表达。

深潭口古戏台

　　深潭口因是西溪湿地几条河流汇集而形成深的潭口而得名，《南漳子》记载："深潭口，非舟不渡，闻有龙，潭深不可测。"深潭口古戏台则是深潭口的百年老樟树下，在水塘中依照古法所建的老戏台，是为纪念西溪蒋村一带曾是越剧北派艺人的首演地。

匾额一：越曲流芳

（卢乐群书）

【解析】指越剧世代流传美好声誉。

楹联一：

桑地蕴新腔，马陈发轫；
梨园呈异彩，梁祝传情。

（蔡云超撰，夏有良书）

【解析】桑地：农耕与蚕桑之地，指农业之地。蕴新腔：孕育新的唱腔、腔调。马陈：马潮水和陈万元。越剧创始人、北派艺人马潮水曾在手稿中记载越剧发展的缘由："余杭蒋村有一位陈万原（当为陈万元）先生，是个听书的戏迷，有说书到他家住宿一宿三餐……那夜，陈先生说：你们今夜也不必客气了，也勿必推……大家一起说，都有的唱，没有行头锣鼓的，招（照）说书一样。"即陈万

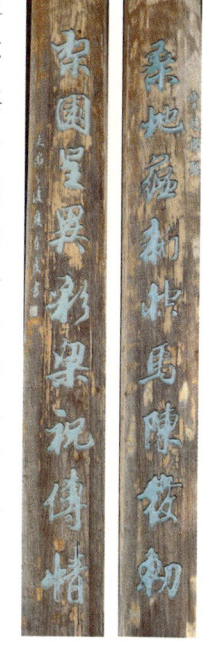

元因喜爱嵊县的落地唱书而结交了不少民间艺人，在其五十大寿之夜许多嵊县唱戏班子来到陈家贺寿，用八仙桌搭台演出了《珍珠塔》，首次将唱书形式变成戏曲形式演出，是以将蒋村陈宅称作越剧首演地。发轫：拿掉支住车轮的木头，使车前进，比喻新事物或某种局面开始出现。《楚辞·离骚》："朝发轫于苍梧兮，夕余至乎县圃。"梨园：唐玄宗时教练伶人的处所，后世因称戏班为梨园，又称戏剧演员为梨园弟子。梁祝：《梁山伯与祝英台》，是越剧传统骨子老戏。传情：传达情意。

河渚塔

　　河渚塔，旧称"杭公塔"，建于清咸丰年间。当时文人学士对先贤杭世骏的才学人品及仕途遭遇深怀敬佩，于是集资在河渚厉杭二公祠内筑一石塔纪念，初称"杭公塔"。现移建河渚街蒋相公祠西侧，故也称河渚塔。

匾额一：揽胜

（李文采书）

【解析】将胜景收揽于眼底。

楹联一：

四时锦簇四时景；
八面云开八面风。

（东风老人撰，蒋
北耿书）

【解析】锦簇：锦绣成团，指景色秀丽。明代唐寅《川泼棹》曲："海榴半吐绽，蜀葵如锦簇。"四时：一年四季。云开：拨云见日，形容明朗的景象。八面风：八面来风。此联形容登河渚塔所能看到

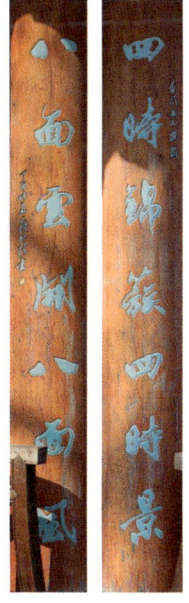

的胜景。

匾额二：汇观

（金鉴才书）

【解析】汇聚景观。

楹联二：

满座春风留客住；
一船明月度人来。

（沈雪生撰，祝遂
之书）

【解析】满座春风：形容温馨亲切的氛围。一船明月：形容游船满洒月光。

191

步云塔

步云，意为"高步云衢"，比喻仕途平步青云。洪皓的儿子"三洪"兄弟在父亲滞留北国15年期间，经过苦读，在数年间同中词科，后并为重臣，可谓"高步云衢"。相传当地人为纪念洪皓对国忠心、洪皓三子在经济文学等领域的诸多成就，修建"步云塔"，祈愿西溪的学子都能在寒窗苦读后平步青云，为官之时利国利民。

匾额一：步云塔

【解析】取高步云衢之意，祈愿西溪学子能在寒窗苦读后平步青云，为官之时利国利民。

廊桥

　　两座廊桥位于五常港河上，相距间隔不到200米，两桥呈平行排列，同样横跨河岸。端午节赛龙舟是杭州西溪湿地、蒋村、五常地区的保留节目，每年端午节前后，当地居民都会在五常港举办龙舟胜会，附近居民在河道两岸和廊桥上可以更近距离、更真实地感受这场盛会，龙舟从桥下经过，有"过龙门"等吉祥如意的意思表达。同时，两座廊桥靠近杭州市文保单位思母亭遗迹（该遗迹是明代洪钟纪念其母亲而修建的桥和亭子的遗迹），既是反映当地乡贤名士生活的历史场景，又是弘扬中华传统孝道文化的乡村节点。

楹联一：

行沐清风听鱼雀；
坐观新露润糜禾。

（陈建一撰，
蒋北耿书）

【解析】此联意
为在行走中沐浴水汽
氤氲所带来的清风，
倾听鱼儿跳跃出水、
雀鸟掠过水面的声
音；坐下静观水滴滋
润两旁禾谷的植株。

楹联二：

此岸青山界吴越；
至今春水向幽燕。

（钱之江撰，
钱法成书）

【解析】此联意
为此岸的青山标识了
此处正是吴越之地，
但春天江水上涨的奔
腾之景却令人仿佛回
到了北方。幽燕：古
称今河北北部及辽宁
一带。唐以前属幽
州，战国时属燕国，
故名。

楹联三：

亭外烟云造物皆无状；
槛前山水会心即有情。

（王其煌撰，
李文采书）

【解析】此联意
为亭外烟霭云雾的形状
无人为约束，自由地舒
展，槛前山明水秀的自
然风景则让游人情意相
合，倍感有趣。

楹联四：

千树明霞笼柿果；
一溪素月隐芦花。

（蔡云超撰书）

【解析】此联描绘了西溪湿
地的秋季景色。在一粒粒
火柿的映衬下，数千棵柿
子树就像被晚霞染红一
般，而真正的晚霞则笼罩
在柿子树上，与红柿相映
成绝趣。一蓬蓬白胜雪的
芦花在风中飘摇，倒映出
有如月光般的清白光芒，
而真正的月亮则隐于这芦
花胜雪的美景中了。